鍵のありか

「本当は、隠しておきたいとさえ思うよ」

「雅人さん……？」

「誰の目にも触れないように閉じ込めて……」

鍵《かぎ》のありか

きたざわ尋子《じんこ》

ILLUSTRATION
Lee《リー》

CONTENTS

鍵のありか

◆

◆

鍵のありか

コンビニエンスストアで大量のコピーを取りながら、矢野実浩《やのみひろ》は浅く溜め息をついて、うなりを上げる機械を見つめ下ろした。

まるで学生が、せっせとコピーをしているようだと他人ごとのように思う。

実際、人が実浩に目を留めたとしたら、社会人ではなく大学生だとナチュラルに思うことだろう。

もっともほんの二ヵ月前まで本当に大学生だったので、社会人がまだ板についていないのも仕方がないと言えた。

まして服装はラフなもので、会社勤めという風情《ふぜい》でもない。端《はた》から見れば、借りたノートを写す大学生そのものだとしても、実浩はれっきとした社会人で、コピー作業も必要な仕事である。

実浩はこの春、大学を卒業し、小さな設計事務所に就職した。職場はマンションの一室で、社員は社長を含めて四人の、こぢんまりとしたところだ。

だが当の本人は、新入社員という感覚が比較的薄い。それは四年生のときからアルバイトで事務所に通っていたせいだった。

始業は十時、終業は六時と一応決まっている。もっとも六時に帰ることはあまりなく、かといって何時間も残業することもそうはなかった。目が回るほど忙しくもないが、暇で仕方ないということもない、ある意味で理想的な職場だ。

職場のコピー機が壊《こわ》れさえしなければ……と思ったところで、直らないものは仕方がない。業者が来るのは明日になってしまい、それまで待ってはいられないというので、一番近いコンビニに駆け込んだのである。

実浩は長いまつげを伏せて、数字が動くのを見つめた。

ようやく終わりが見えてきた。

店内にはひっきりなしに客が出入りしている。雑誌の前で立ち読みをして動かないサラリーマンふうの男性や、スナック菓子の前で話している親子連れなど、客層も様々だ。大学生くらいの女の子が弁当を温めてもらっている姿もある。

それを見て、ぼんやりと明日の夕食は何を作ろうかと考え始めた。

考えているのは今日ではなく、明日のことなのだ。今日は残業があるから、帰りに待ち合わせて外食と決まっている。だが明日は早めに帰れる予定なので、作る時間もあるだろうし、今日の夜から下ごしらえをしておくのもいい。

一緒に暮らしている恋人の好きなものでも作ろうか。それとも冷蔵庫に残っている食材を中心にしようか。

ぼんやりと外を眺めていると、ふいに背後から声をかけられた。

「終わってますけど」

「え……あっ、すみません……！」

少し離れたところには、大学生くらいの青年がノートを手に立っていた。今まで気がつかなかっただけで、実は機械が空《あ》くのを待っていたようだった。

実浩は慌《あわ》てて紙の束を抱《かか》えて横に退いた。コピー機のすぐ隣にはアイスクリームの入ったケースがあって、その蓋《ふた》の上でも紙を纏《まと》める作業はできそうだ。

「これ、忘れてる」

残されていた原稿が、ぶっきらぼうに差し出される。

「あ、ごめん。どうもありがとう」

重ね重ね申し訳なくて、実浩は下を向きながら作業に戻った。纏めた紙を整えていると、隣で青年がコピーを始めた。

彼の顔には見覚えがあった。

実浩の勤め先、湯島《ゆしま》設計事務所が入っているマンションに住んでいる青年だ。今まで挨拶《あいさつ》をしたことはなかったのだが、それなりに目立つ容姿で印象には残っていた。

世間的な基準で考えて、彼は格好いい男であるだろう。フレームレスの眼鏡も、彼の印象を知的にしこそすれ、マイナスの印象にはしていない。

(でも、雅人《まさと》さんほどじゃないな)

ちらりとそんなことを考えたものの、すぐに頭の中からそれを追い出した。恋人を誰かと比較する意味なんてありはしない。ましてろくに知らない相手だ。

実浩にとって雅人は、唯一無二《ゆいいつむに》の存在なのだ。憧《あこが》れの延長にあるような恋をしていたときも、それを失ったときも、他の人間が実浩の中に入り込んでくる余地はなかった。もちろん取り戻した今もそうだった。

「あれ……」

指先が少しひりつくと思ったら、右手の中指の腹に、うっすらと細い傷ができていた。すでに血が滲《にじ》んできている。

紙で切ってしまったらしい。傷の端で、血がぷっくりと玉を作りかけていた。

このままでは紙を汚してしまう。

ティッシュでもあればよかったのに、どうせすぐだからと、実浩が持ってきたのは財布のみだ。

どうしようかと考えて、とりあえず指先を口に運んで血を舐《な》め取る。

鉄の味が口の中に広がった。

作業のためには、ティッシュより絆創膏《ばんそうこう》だ。振り返った先にはちょうど欲しいものが売っていて、実浩はそれに手を伸ばそうとした。

「切ったの？」

またいきなり声をかけられて、実浩は面食らう。

「あ……うん」

「一枚でいいなら持ってるよ」

差し出されたのは外袋が少しばかりよれた絆創膏だったが、中身のほうはちゃんとしていそうなものだった。ただし何かのキャラクターものらしく、外袋にもテープの部分にも、薄緑色のインクで絵がプリントされていた。

確かに必要なのは一枚だけだ。事務所に帰れば、中身の充実した救急箱があるし、もちろん自宅にも常備してある。

たった一枚のために、一箱買う必要はない。

「急がせたから切っちゃったんだろ。だから、お詫《わ》び」

青年はそう言いながら左手で外袋を破いて絆創膏を取り出すと、実浩に手を出すように、相変わらず愛想《あいそ》なく指示を出してくる。

「あの……」

「ほら」

いきなり手を摑《つか》まれて、肩の高さに引き上げられた。そしてそのまま、傷の付いた指に丁寧《ていねい》に絆創膏が貼り付けられる。

「あ、ありがとう……」

「あんた、うちのマンションの人だよね?」

「住んでるわけじゃないんだ。会社が入ってて」

「ふーん、バイト?」

やはり、と実浩は小さく嘆息《たんそく》する。思った通り、社会人には見てもらえなかったらしい。

彼はコピーのことなど忘れたように、実浩に向き直ったままだ。幸いにして、次の利用者は現れていない。

「この間まではバイト。春から正社員になったよ」

「……年。いくつ？」

「二十二」

「マジ？　年下かと思ってた」

目を丸くしながらの言葉には悪気《わるぎ》はなさそうだが、実浩にしてみればあまり嬉《うれ》しくはないことだ。だからといって怒るほどのことでもなく、曖昧《あいまい》な苦笑を浮かべて三センチほどの厚さになった紙を綺《き》麗《れい》に整えた。

「ごめん、気ぃ悪くした？」

「そんなことないよ。それじゃ、戻るから。これ、どうもありがとう」

実浩は軽くぺこりと頭を下げると、頼まれた買い物をして事務所へと戻った。青年はまだコピーをしていたが、こちらを見ていて小さく手を振ってきた。

（今度から、会ったら挨拶をしたほうがいいんだろうな……）

もっとも時間帯が合わないので、滅多に顔を合わせることもないだろう。実浩は一年以上も前からアルバイトをしているが、今まで彼に会ったのは、おそらく五回もないはずだった。

音のうるさいエレベーターに乗って、事務所のあるフロアで降りる。

事務所のドアノブに手をかけようとすると、隣の部屋のドアが開いて、顔見知りの人物が出てきた。やはり隣もオフィスで、書籍関係のデザイン事務所だった。

「ちょうどよかった。今、持っていこうと思ってたんだよ」

四十絡《しじゅうがら》みの隣の社長は、実浩を見つけると愛想良く言った。

そうして渡してくれたのは、彼の実家から送られてきたという日本酒の四合瓶《びん》が二つ。一方的に聞かされた話によれば、彼の実家は造り酒屋で、こうして定期的に酒が送られてくるのだそうだ。

「いつもすみません」

「いえいえ。今度、飲みに行こうよ。飲めるんでしょ？」

ぽん、と肩に手を置かれ、愛想笑いも引きつってしまう。

「多少は……」

実浩の両手は紙の束と酒の瓶ですっかり塞《ふさ》がっていて、べたべたと触ってくる男の手を振り払うこともできない。

両手が空いていたとしても、そうそう隣人にそんな態度は取れないだろうけれども。

「矢野くんには、ワインなんかのほうがいいのかなぁ」

「でも、そんなに飲まないので……」

「じゃあ食事でも」

絡みついてくる熱っぽい視線は、けっして気持ちのいいものではなかった。

悪い人ではないと思うし、人柄について特に思うことはないのだが、この視線と、過剰に触れてくることに関しては歓迎できない。

鋭いとは言えない実浩にだって、彼が自分を見て何を考えているかくらいわかっている。

「あれ、ちょっと痩《や》せた？」

「いえ……変わらないですけど」

「そう？　服のせいかな。うん、でも相変わらず可愛《かわい》いね。本当に恋人いないの？」

「あの、すみません、ちょっと急ぐので、失礼します」

実浩はぺこりと頭を下げて、逃げるように事務所へと駆け込んだ。

ドアを開けると、すぐにパーテーションがあり、その向こうに机が四つ入っている。壁という壁は棚で覆《おお》い隠されていて、そこにはぎっしりと資料が収まっていた。

背後でドアが閉まる音を聞いて、実浩はほっと安堵《あんど》の息をもらした。

「お帰りー」

出迎えの言葉を向けてきたのは、先輩の岩井剛史《いわいたけし》だ。三十歳の彼は一級建築士で、とりあえずこの事務所の中では実浩に一番年が近い。

社長の湯島と岩井、他にもう一人社員である波多《はた》と実浩。これが事務所のすべての人間だ。

波多は朝から現場へ行っており、今日はまだ顔を合わせてもいなかった。

実浩は溜め息をついて、机の上に酒瓶を置いた。

「また隣？」

「はい」

「ありがたいけど、見え見えなんだよなぁ……」

岩井は大きな溜め息をついて、瓶のラベルを覗《のぞ》き込んだ。大吟醸《だいぎんじょう》、と呟《つぶや》いてから、視線を実浩に向けてくる。

言いたいことはわかっていた。

隣の社長は、どうやらカミングアウトしているゲイらしい。そして去年の春までは、こんなふうにお裾《すそ》分《わ》けをしてくれることもなかったそうである。

「矢野くんが来てからだもんな。飲みに誘われても行くなよ？」

「それは、もちろん」

もとより行く気はまったくない。自分に気があるとわかっている相手の誘いに乗る気はないし、一緒に飲みたいとも思わなかった。

実浩はふと気がついて、岩井に言った。

「社長はもう出かけちゃったんですか？」

「うん、ついさっき。ほとんど入れ違いだったけど、会わなかったんだ？」

「はい」

クライアントに会う予定があるのは知っていたが、少し早く出かけていったらしい。雇用主《こようぬし》が不在となったので、これでまた雑談が始まるのは間違いなかった。

岩井はしげしげと、もらった酒のラベルを眺めている。

「純米じゃないんだな……」

「ダメなんですか？」

「いや、そういうわけじゃないけど。好みの問題だよ。俺はさ、醸造《じょうぞう》アルコールが入ってるのは、あんまりね。例外もあるけどさ」

「そういえば、雅人さんもそんなこと言ってました」

日本酒はあまり飲まないのだが、たまに飲むときは、とにかく純米がいいらしいのだ。実浩にはあまりわからないことだった。

「だろ？　絵里加《えりか》もそうなんだよ。似てんだよね、酒の好み。……あれ、どうしたの。それ」

目敏《めざと》く指の絆創膏を見つけて岩井は尋《たず》ねてきた。

ガーゼの部分にはうっすらと血が滲んでいる。もう血は止まっているだろうが、赤く染みができてしまっていた。

「ああ、さっき紙で切っちゃったんです」

「あらら。でも周到《しゅうとう》だな」

絆創膏のことを言っているのは確かめるまでもなかった。

「これは……その、もらったんです」

「誰に？」

「すぐ後でコピー機使ってた大学生っぽい……あ、岩井さん知ってるかな。ここに住んでる人ですよ。背が高くて、縁《ふち》なしの眼鏡《めがね》かけてて、ちょっと格好いい感じの……」

「ああ……あれかな。うん、いるよね。たまに会うよ」

岩井はすぐに誰のことかがわかったらしい。やはりそれだけ、人の印象に残る人間だということだろう。

しかし彼は浮かない顔で続けた。

「親しいの？」

「いえ。今日、初めて喋《しゃべ》ったんですけど」

「ふーん……ま、とりあえず注意しときな。ちゃんと目を光らせとけって、俺も絵里加から言われてんだよ」

溜め息をつきながらも、彼は恋人の名前を口にするときだけは、そこはかとなく嬉しそうな顔をして見せる。

いつの間にか、名前を呼び捨てるようになったらしいが、それを第三者に向かって言うことにまだ慣れてはいないのだ。

どうやら交際は順調に続いているようだった。

岩井の恋人の南《みなみ》絵里加は、実浩の恋人の幼なじみなのである。こちらの関係についても知り尽くしていて、その上で気にかけてくれているのだ。

「そんなに危なっかしいですか?」

「ていうか、ほら、矢野くんて美人で可愛いし、隣は露骨に気があるとこ見せてくるしさ。君の場合、男の親切には注意したほうがいいって話」

「はぁ……」

けっして本意ではなかったが、忠告はありがたくいただくことにした。

実浩の恋人は同性である。そしてかつては親友にも告白されたことがあったし、隣の社長の下心つきの好意もわかっている。

だから自分が同性に興味を持たれるということを否定する気はないのだ。かといって、近づいてくる同性を片《かた》っ端《ぱし》から警戒するほど、自意識過剰にもなれなかった。

恋人の雅人はときどき、「綺麗」だの「可愛い」だの、恥ずかしくなるようなことを臆面《おくめん》もなく口にする。岩井や絵里加にも言われることがあるし、隣の社長もこちらが気恥ずかしくなるほど容姿を褒《ほ》めてくる。

昔からたまに女の子に間違えられていた。冬になって厚着になり、コートなどで体形が隠れてしまうと特にそうだった。

いつまで経っても、ちっとも男らしくならないと、実浩は溜め息をつきたくなる。

小さな顔に、象牙のような肌。長いまつげに縁取られた大きな目や、ふっくらとした唇《くちびる》は、確かに実浩の顔を甘く作りあげていて、二十二歳になった今も男らしいとはけっして言えなかった。

ただ人から言われる言葉が、「可愛い」より「綺麗」が増えたというだけだ。

どちらも男に言うことではないと、実浩は思っているけれども。

「妙に色気もあるんだよなぁ」

「岩井さん……」

「いや、ほんとに。それは絵里加も言ってたし。あいつさ、自分は色気がないって、とりあえず自覚してるみたい」

「でも、絵里加さんてものすごく美人じゃないですか」

まさに美女、という言葉がぴったりの女性なのだ。どちらかと言えば派手だが下品ではなく、かといって近づきがたいほど上品でもない。知的で、センスだっていい。なのに、色気というものがないのだった。

これは実浩の恋人も、密かに言っていることである。

「ま、俺はいいんだけどね」

「結局、のろけたいんですね？」

思わずくすりと笑うと、岩井は慌てて手を振った。

「違う違う」

「じゃ、無意識なんだ」

「先輩をからかおうなんざ、十年早いぞ。俺らのほうより、そっちはどうなんだ？」

「どうっ……て？」

「決まってるだろ。同棲《どうせい》だよ、ど、う、せ、い」

わざわざ言葉を区切るようにして言って、岩井は身を乗り出してくる。

実浩は去年から、恋人と同居しているのだ。それまでは大学にほど近い、学生用のアパートに住んでいたのだが、誘われるまま恋人の下《もと》へと行った。

それを岩井は知っているのだった。

「同居って言ってください」

「はいはい。で？」

「別に不自由はありませんけど」

「そりゃそうだろ。楽しそうだもんな。矢野くん、前より明るくなったよ」

しみじみと呟かれて、実浩は苦笑《にがわら》いを浮かべるしかなかった。

「暗かったですか？」

「というか、影があったな。視線も遠かったしな」

「はぁ……」

「それはそれで、壮絶《そうぜつ》に色っぽかったけど。バイトの面接にきたとき、正直びっくりしたし。男でこんなのありか、って思ったね」

自覚はしていないことばかりだったので、つい生返事になってしまう。自分では普通に振る舞っていたつもりだったが、気持ちは隠しきれていなかったというわけだ。

恋人と再会したのは半年ほど前のことだった。

今から五年ほど前に、実浩は数ヵ月間の短い恋をした。高校生のときだった。だが恋人の父親に反対され、別れるように言われ続けて、疲れ果てた実浩は、自分から相手の手を振り切るようにして背中を向けてしまった。

それでもずっと好きだった。自分から捨てることになった恋人だけを思い続けた。

遠くなってしまった人だけを心にすまわせて、一人で過ごしている間、ずっと実浩の気持ちは沈んでいた。おそらく視線はいつも、遠くにいた恋人を見つめていたのだろう。

「よかったよな」

「……はい」

「何かあったら俺と絵里加で相談に乗るし。ま、大丈夫だと思うけどな」

誰一人として味方のいなかったかつてと違って、今は理解してくれる人がいる。それだけでも実浩には心強かった。

それに、実浩にはもう周囲に負けない自信があった。離れてしまうつらさに比べたら、人に何を言われようとも耐えられると思っている。

「今度、四人でメシでも食おうよ。絵里加が作るって言うし」

「絵里加さんて、料理するようになったんですか？」

「教室に通い始めたんだってさ」

ひどく嬉しそうに岩井は言った。料理なんかしたことがない、と豪語していた絵里加の変化を相当に喜んでいるらしい。

（もしかして……）

そのうちに、めでたい話が聞けるかもしれない。

確信に近い予感を抱きながら、実浩は自分の席に着いてパソコンに向かった。


何度か来たことのあるバーの、カウンター席の一番奥で、実浩は所在なげに雅人を待っていた。

隠れ家《が》……という表現がぴったりの店は、入り口が路地の脇についていて、通りを行く人からはそこに扉があることすら気がつかないような、特定の客以外を拒絶した店だった。その扉にも、フランス語で書かれた小さなプレートがかけてあるのみで、看板すら出ていない。

しかも扉を開けると地下へと階段になっているので、知らない人はなかなか入って来られないよう意地悪な造りになっていた。

そのせいもあって、客層はかなり高い。本当ならば、実浩ほどの年の人間が来るようなところではないので、どうしても一人だと落ち着かないのだが、そんな実浩を気遣《きづか》って、マスターは可能な限り話しかけてくれている。

　このマスターは、実浩の恋人の亡き父親の親友なのだ。

　恋人の有賀《ありが》雅人は、実浩よりも九つ年上だ。出会う前から、知っていた。手が届かないほど高いところにいた存在だった。当時、すでに彼は一級建築士で、都のデザイン賞を彼の事務所が取ったときに、中心になっていたということで注目されていた。まして彼は、日本が生んだ偉大な建築家・有賀久郎《ひさお》を父に持つサラブレッドだ。三人いる息子たちの中で、末の雅人はもっとも期待され、そして結果を出しつつある人間だった。

　建築士を目指していた高校生の実浩にとって、有賀雅人は雲の上の人物であり、雑誌などで名前や顔を見るだけの憧れの相手だったのだ。

　思いがけないことから知り合い、親しくなり、憧れや尊敬が恋に変わっていくのにさして時間はかからなかった。初めての恋に実浩は夢中だったし、これがずっと続いていくものだと信じて疑わなかった。

　有賀久郎が実浩のことを知るまでは……。

　のぼせ上がっていた頭に、容赦《ようしゃ》なく冷水を浴びせられたようなものだった。

　あれは別れさせられたわけじゃなく、実浩が自分たちの恋に絶望し、雅人の下から立ち去ったというだけのことだ。

　幼くて弱かった自分のせいだと、実浩は今でも思っている。

「遅いねぇ」

マスターが気遣わしげに、アルコールの弱いカクテルをくれた。

おかげで思考の中に浸《つ》かっていた実浩は我に返った。

待ち合わせの時間よりも、すでに三十分は経っている。もっとも、遅れるという連絡はあらかじめもらっているのだった。

半地下の店内は、広さの割に席は少ない。空間を贅沢《ぜいたく》に使った造りになっていて、テーブル席は今日も埋まっていた。

「何かつまむものでも作ろうか？」

「いえ……大丈夫です。ありがとうございます」

どうせ雅人が来たら、すぐに食事をすることになっているのだ。それに多少なりとも緊張しているせいか、空腹感もない。

場違いを強く感じているせいで、どうにも堅《かた》くなってしまう。それでも最初の頃よりはずっとマシだった。

実浩にとって、長い間、この店は鬼門《きもん》だったのだ。

かつて一度だけ、有賀久郎に会ったことがあった。それがこの場所だった。

あのときは昼間で、営業時間外で、この優美なカーブを描くカウンターではなくテーブル席で向かい合い、雅人と別れるように説得された。

一生涯、会うはずもないと思っていた、神様みたいな人物に、実浩は雅人にとって必要のない存在だと、むしろ障害となると判断されたのだ。

マスターは久郎の友人だったので、秘密の話をする場所としてここが選ばれた。この店は、ほとんど趣味でやっていて、設計も久郎が手がけたと聞かされている。

今では実浩も、亡き親友の息子のパートナーとして認識されているから、こうして座っていられるのだけれども。

再会できたのは、そしてまたこうして雅人の恋人に戻れたのは、ひとえに周囲の人たちのおかげだった。ことさら絵里加とマスターには感謝してもしきれない。

雅人もおそらく同じように思っていて、だからこそあれ以来、彼女に頭が上がらなくなってしまったらしい。

グラスを見つめたまま、実浩は思わずくすりと笑みをこぼした。

絵里加に逆《さか》らえない雅人というのは可愛らしく感じるのだが、さすがに本人にそれを言ったことはない。

「おや……」

マスターの呟きに、実浩は彼の視線を追ってみた。

てっきり雅人だと決めつけて向けた顔は、入ってきた人物を見て、そのまま凍《こお》り付くように強張《こわば》ってしまった。

スーツを身に着けた、背の高い眼鏡をかけた男だ。隙《すき》がなさそうで、冷たいほどの印象を与えるその人物は、実浩がもっとも苦手《にがて》な相手だった。

年は四十を少し超えたところだと聞いている。

フルネームを竹中一博《たけなかかずひろ》というその男は、亡き有賀久郎の秘書であり、今はその跡を継いだ長男――つまり雅人の兄の秘書を務めている。

かつて久郎の命で、雅人と実浩を別れさせようと実際に動いたのが彼だった。

慇懃《いんぎん》な口調と態度で、高校生だった実浩を容赦なく追いつめていった。疲れ果て、抵抗する気力も湧いてこないほど、実浩の恋を否定し続けた。

冷静になれと、別れたほうが君のためだと、そして雅人のためなのだと。

もちろん彼の個人的感情とは無関係だ。彼は雇い主の命令に忠実だったにすぎないし、今ではもうこちらに干渉《かんしょう》する気もないと知っている。最後に会ったのはもう去年のことだったが、そのときに一応、彼とは和解したと言える。

この店は、竹中の行きつけでもあったのだ。だからニアミスを避《さ》けるために、竹中が仕事で来られないだろう日しか、雅人は来ようとはしなかった。

今日もそのはずだったのに、何か予定が変わったらしい。

強張った顔のまま会釈《えしゃく》すると、竹中はふと表情を和らげて近づいてきた。

予想外の反応だった。

「お久しぶりです。雅人さんと、待ち合わせですか？」

竹中は相変わらずだった。おそらく実浩よりも二十以上も年上のはずなのに、昔も今も、慇懃な態度を貫いている。

これには慣れることができなかった。

実浩は頷《うなず》くだけの返事をして、視線を逸《そ》らすようにして前を向いた。

もう怖いとは思わないが、やはり苦手なことには変わりがない。何を話していいものか、頭の中が白くなって、言葉が浮かんでこなかった。

「こちら、よろしいですか？」

一つ席を空けたところに竹中はスツールを引いた。隣でないのならば断る必要もないだろうに、こういうところは徹底《てってい》している。

マスターに飲み物を頼んだところで、竹中は再び口を開いた。

「お仕事はどうですか？　もう慣れましたか？」

「ええ、何とか……」

「何かあれば、おっしゃってください。社長からもそう言われております」

「ありがとうございます」

だがそんなことにはならないだろうと、心の中で言葉を返す。有賀の会社と、実浩の勤める事務所とでは規模が違いすぎるのだ。前者は新しい街を一つ丸ごと作ったりするところであり、後者は個人宅やマンションの設計をするところだ。

「そんなに怯《おび》えなくても、取って食いやしませんよ。私を張り飛ばしたときの気概《きがい》はどうしたんですか？」

笑みを含んだ声音《こわね》に、実浩はちらりと竹中の顔を見た。彼はカウンターに肘《ひじ》をついて、じっとこちらを見つめている。

どうやら揶揄《やゆ》されているらしいと気がついて、実浩はますます態度を硬化《こうか》させた。早く雅人が来てくれればいいのにと、口には出さずに恨み言を唱えた。

空気を察したのか、マスターはグラスを滑らせると同時に窘《たしな》めるように言う。

「また実浩くんをいじめたんだろう」

「そんなことはしませんよ」

「あやしいもんだ」

「本当ですよ。これでも私は、彼には好意的なつもりなんですよ。少しも伝わってはいないようですがね」

笑いながら竹中はグラスを傾けた。

今の言葉が本気だとは思えなかった。マスターを相手にした言葉遊びか、あるいは横にいる実浩に対する皮肉ていどにしか受け取れない。

どちらにしても、実浩は聞こえなかったふりをして、自分のグラスを見つめていた。

「そのようだね」

マスターの声にも笑みが混じった。

「でしょう？　まぁ、仕方がありませんよ。昔、ずいぶんといじめてしまいましたからね」

「君は容赦がなさすぎるんだよ」

「おかげで嫌われてしまったようです」

目の前で、話に加わらないまま自分のことを語られているのは何ともいたたまれない気分だった。助け船を出してくれたはずのマスターですら、すっかり遊び始めている始末だ。

「残念なことだね」

「まったくです。私としては、ぜひとも仲良くしていただきたいんですが」

話している間も、竹中がこちらを見ているのはわかった。

これは新手《あらて》の嫌《いや》がらせだろうかと、実浩は落ち着かなく視線を漂《ただよ》わせる。目が泳ぐ、というのはこういうことを言うのかと、心の中で変に冷静に思いながら。

「どうやら、今日もそのチャンスはなさそうだよ」

「おや……」

マスターと竹中の視線が同時に入り口に向けられる。

今度こそ、雅人の登場だった。こちらを見て、その端整《たんせい》な顔にわずかに驚愕《きょうがく》を浮かべていたが、すぐにそれは苦い表情に取って代わった。

雅人はまっすぐに近づいてくると、実浩と竹中の間に身体を入れる。座ってはいないが、カウンターに手をついて、視界を遮ったのだ。

「いけませんね。こんなに可愛い人を待たせてしまっては、変な虫がつくかもしれませんよ」

「今度から待ち合わせ場所は考えるよ」

雅人は冷ややかにそう言い放つと、視線を実浩に向けた。切れ長の目が、かすかにではあったが柔らかく細められる。

端整な顔立ちはけっして柔らかな印象ではなかったが、かといって目つきが悪いというほどでもない。硬質で、近づきがたい印象を抱かせるものでありながら、そこは育ちのよさが滲み出していて、むしろノーブルですらある。

すらりとした長身に、仕立てのいいスーツ。身だしなみはきちんとしていて、さりげなくはめた高級な時計も嫌みにはならない。仕草は無駄がなくて流れるようで、品の良さを感じさせながらも機敏《きびん》だった。

それだけでも十分に魅力的なのに、その上、素晴らしい才能も兼ね備えている。

思えば最初に実浩が好きになったのは、彼の才能と実力だった。それから人となりに惹《ひ》かれていったのだ。

「遅くなって悪かった。行こうか」

「あ、うん」

連れ出されるようにして、挨拶もそこそこに店を出た。

実浩の手を掴む雅人の機嫌はけっしていいとは言えなくて、実浩は黙って彼がタクシーを拾うのを見ていた。

「竹中が来るとはね……」

車に乗り込むと、雅人は溜め息まじりに呟いた。

「でもマスターがいてくれたから、そんなに話はしないで済んだよ。仕事に慣れたかって、聞かれたくらいだし」

これは完全に社交辞令《しゃこうじれい》の範囲だろう。その後であれやこれや言われたことは、わざわざ言うほどのことでもないと黙っていた。

言えば雅人の機嫌がさらに悪くなりそうな気がしたからだ。

「何時に着いたんだ？」

「七時半」

「残業だっていう割には早かったんだな」

「うん。社長が出かけちゃったから、岩井さんが早めに帰してくれて」

こんなことならば外食の予定をキャンセルして、家で夕食の支度《したく》でもしながら待っていればよかったと、今さらのように思った。

ウィークデイでも週に一度か二度、実浩は料理をしている。だからといって手の込んだものは出来ない。一人暮らしは四年やっていたし、それなりに自炊《じすい》はしていたけれども、あくまで自分一人の食事であって、人に食べさせるようなものとなると話は違うのだ。

実を言うと、レシピを見ながら作っている状態だが、それでも上達はしているという自負がある。今はまだ絵里加よりも上手《うま》いだろう。

「あ、そう言えば、絵里加さんが料理教室に行ってるって話、知ってる?」

急に思い出して口にすれば、雅人は意外そうな顔をして、まじまじと真偽《しんぎ》を問うように実浩を見つめてきた。

「そうなのか?」

「今日、岩井さんが嬉しそうに言ってたよ」

「それはまた……あいつがねぇ……」

意外そうな表情が、やがていいネタをもらったと言わんばかりの顔になった。もう竹中のことは頭の中にないようだった。

少なくとも表面上はそうだ。

「思ったんだけど、岩井さんと絵里加さんて、結婚するんじゃないかな」

何か聞いているかもしれない、という期待を込めて問いかけた。岩井が黙っていることでも、絵里加は雅人に対して何か告げているかもしれないと思ったのだ。

「そうかもしれないな。あの絵里加が料理だし……。ふーん、結婚か」

何やら思うところがありそうだった。幼なじみが嫁に行くのは、たとえ特別な感情がなくても寂《さび》しいものなのかもしれない。

実浩にはわからない心情だ。

「岩井さん、いい人だよ」

「知ってる」

絵里加より年下だが、本人たちにそういった意識はないようだし、二人で並んでいるところもお似合いだと実浩は思っている。彼らがまだ仕事での付き合いしかなかった頃から、実浩は二人の仲を応援していた唯一の人間なのだ。

「でも何だか……嬉しくなさそう」

「そんなことはないよ。まぁ、ちょっと悔《くや》しいという感じかな。腹が立つくらい、のろけられてるんでね」

「そうなんだ？」

少し想像して、思わず笑ってしまった。きっと岩井と違って、さり気なくのろけるのではなく、もっと露骨《ろこつ》に言うのだろう。実に絵里加らしい話だ。

「珍しく順調なんで、浮かれてるんだろうな」

「え、珍しいんだ？　意外……」

「今まで長続きしたためしがなかったんだよ。ま、俺も人のことはとやかく言えないんだけどね。おかげでよく二人で飲んでた」

　店の前でタクシーが止まり、雅人は支払いを済ませてタクシーを降りた。後に続く実浩を振り返ると、走り去る車の音に被《かぶ》せるように言葉を続けた。

「実浩に会うまではね」

　過去のことは簡単に聞いて知っていた。

　雅人はこんなに条件のいい男なのに、今まで恋愛ではさんざんな目に遭《あ》ってきたのだという。別れた後でストーカーになった女性や、過剰な干渉《かんしょう》と束縛《そくばく》の末に、別れ際は雅人の人格を罵《ののし》るだけ罵って、悲劇のヒロインになりきって立ち去った女性。自分にも非があるのだとは言っていたが、とにかく失敗してきたのは確かなのだった。

　まして実浩のときも、つらい思いをさせた。自覚しているだけに、実浩はこの手の話題になると意《い》気消沈《きしょうちん》してしまう。

　それを察して、雅人は苦笑した。

「だから、実浩に会うまで、と言っただろ?」

「でも……」

「今度は大丈夫だろ」

「うん」

　実浩ははっきりと頷いて見せた。

第三者から誰に何を言われたところで、今度は雅人から離れていったりはしない。これは実浩の中で強く誓《ちか》ったことだった。

雅人は微笑《ほほえ》んで、店に向かって歩きだした。

その後ろ姿を見つめながら、実浩は複雑な心情を顔に浮かべていた。たぶん雅人は、どこかでまだ不安なのだ。ずっと恋愛できつい思いをしてきて、実浩に出会って今度こそはと思った矢先に、あんなことになった。

裏切られたと思ったことだろう。けっして雅人はそんな言い方はしないが、かなり傷ついたことは間違いない。

ほんの数ヵ月の恋。再び始まった恋愛関係だって、まだ半年と少しだ。

やたらと実浩をそばに置きたがり、すでに就職が決まっていたにも拘《かか》わらず、自分のいる事務所に来ないかと誘いかけてきたこともあった。

雅人は、亡くなった父親・有賀久郎の会社に籍を置いている。事務所というには大きすぎて、とても馴染《なじ》めそうもない会社だった。そもそも実浩は、個人宅の設計がしたくて建築士になったのだし、今の事務所はそういった意味で実浩の希望に適《かな》っているところだ。『有賀』では個人宅の設計など、まずしないのだ。

まして実浩は雅人と個人的な付き合いがある。そういった状態で勤めるのは嫌だから、もちろん即座に断った。

無茶を言う人間ではないので、話はそれっきりになったが、雅人がひどく残念そうだったことは記憶に新しい。

以前よりもずっと、彼は過保護になり、実浩を一人にしておかなくなった。週末はずっと一緒だし、仕事で離れざるをえないウィークデイは、帰宅後に一日のことをいろいろと知りたがった。過干渉《かかんしょう》というほどではないが、実浩が戸惑《とまど》うくらいにはいろいろなことを心配するようになっている。

そして実浩を大人として扱ってくれない。もちろん対等な立場というには年が違いすぎるのだろうけれど、実浩がまだ高校生だった頃とまったく同じ付き合い方をするのだ。たとえば支払い一つ取ってみてもそうだった。

きっと彼の中では別れた頃で時間が止まっていて、そのままになっているのだろう。

「仕方ないか……」

負い目があるから、実浩には何も言えなかった。

大人としてもっと認めて欲しいと思うのは、実浩のわがままでしかない。それを望む前に、雅人をもっと安心させなくては。

実浩は小さな溜め息をついて、雅人の後を追って歩きだした。

二人で住んでいるマンションは、半年ほど前に雅人が購入したまだ新しいものだった。十五階建ての最上階で、三部屋あるうちの一つを実浩が使わせてもらっている。

新卒の社会人が住むには豪華すぎる部屋だ。せめて家賃を入れたいと言っても、雅人は少しも聞き入れてくれない。

開けてもらったドアから部屋に入り、脱いだ靴をしまおうとしたとき、雅人がふと呟いた。

「それ、どうしたんだ?」

視線は実浩の左手に向けられている。

「えっ? あ、これは紙で切っちゃって。コンビニにコピーとりに行ったときなんだけど」

事務所の機械が壊れたことはすでに話してあり、雅人は納得した様子で頷いた。それでもまじまじと、目は指先から離れていかない。

「ずいぶん可愛い絆創膏だな」

「あ……うん」

とっくに血は止まっているから、取ってしまってもかまわないものだった。それにキャラクターものというのはやはり恥ずかしく、実浩はすぐに絆創膏をはがした。

それほど長くつけていたわけでもないのに、指先はふやけたようになっている。

はがした絆創膏は、そのままゴミ箱に捨てた。

「まさか岩井くんの趣味じゃないだろ?」

「ああ、これは近くにいた人にもらったんだ」

「近く？」

「俺の次にコピーしてた大学生。待たせちゃってたから、すぐ横にどいて、そこで紙を纏めてたら切っちゃって」

細かいやりとりは端折《はしょ》ることにした。もちろん、貼ってもらった……なんてことも、言うつもりはなかった。

だが雅人にはずいぶんと引っかかることだったようで、なかなか話題を他に移そうとはしない。それどころか、さらに突っ込んでくる始末だった。

「知ってるやつ？」

「顔だけ。まさか、そんなことまで気になんの？」

「隣の社長のことを聞いたせいかな」

雅人は苦笑しながら、溜め息まじりに呟いた。

隣の社長の話を雅人の耳に入れたのは絵里加だった。もちろん情報ソースは岩井で、事実よりも少し大げさになって伝わってしまったのだ。

おかげで雅人は、実浩に親切な男に対して神経を尖らせるようになってしまった。

岩井に目を光らせるように絵里加が言ったのも、実のところ、雅人が気にしているからじゃないかと実浩は思っている。

「大丈夫だよ。そんな過剰反応しなくても……」

「実浩は男受けがいいからな。俺が知ってるだけで、確実に三人いるし」

「三人……？」

誰のことだか、すぐには頭に浮かばなかった。どうにも数が揃《そろ》わない。二人目まではともかく、残りの一人がいくら考えても出てこないのだ。

「まず、実浩の友達。それから隣の社長」

「あ……うん」

「それと、竹中」

「……え？」

実浩は手を止めて、まじまじと雅人を見つめ返した。

竹中、と言えば実浩が知る限りで一人しかいない。雅人の苦々しい顔を見れば、ますますその人以外には考えられなかった。

さっき会った、あの竹中だ。こんなときに名前の挙《あ》がる人物ではないはずだった。

「どうしてここで竹中さんが出てくるの？」

「実浩に気がある、または惚《ほ》れた男、の話だろ」

当然だと言わんばかりの態度に、ますます実浩は眉根《まゆね》を寄せる。

「だから、竹中さんは関係ないじゃないか」

「竹中は独身だし、浮いた話も聞かないし、実浩を見る目もあやしい。魅力的……なんて言ってたことだし」

根拠を羅列《られつ》しているが、それはどれも説得力に欠ける気がしてならなかった。あのくらいの年の独身男性など今どき珍しくもないし、浮いた話がないのは上手く隠しているだけかもしれないし、目つきに関しては雅人の主観《しゅかん》によるものだ。最後の言葉を向けられたのは事実だが、それだって大した意味があるとは思えなかった。ちょっとした揶揄《やゆ》の範疇《はんちゅう》だろうと実浩は思っている。

「考えすぎだよ」

やんわりと雅人の意見を否定してみるが、帰ってきたのは苦笑だけだった。納得していないのは明らかだ。

あまり話を深く掘り下げないほうがよさそうだと判断し、実浩はスリッパを履《は》いてリビングへと向かった。

(思ったよりヤキモチ焼きなんだよね……)

この半年でわかったことの一つだった。

昔はそんなふうに感じたことはなかったのだ。高校生のときの視点と今の視点が違うせいかもしれないし、雅人があからさまに独占欲を見せるせいかもしれない。

あるいは両方だろうか。

違いは心理的なことだけではなく、もっとはっきりとしたことにも表れている。

実浩を抱くとき、以前よりも雅人は激しく求めてくるようになった。離れていた時間のせいかと思ったのだが、どうやらそれだけではないらしいと、最近になってわかってきた。

いずれにしても、あの頃は手が届かないほど大人だと思っていた雅人が、今はとても近くなったように感じられる。雅人の認識は違うらしいけれども、今だったら彼を労《いたわ》ることも、慰《なぐさ》めることもできると思うのだ。

もちろん同じ立場にいるなんて、おこがましいことは考えていないけれども。

「実浩」

背中から抱きしめられて、足が止まる。

眺めるように雅人の腕に手を添えて、実浩はそっと息を吐きながら目を閉じた。

同じ都内に居《きょ》を構えていながらも、雅人が実家へ足を向けることは、そう頻繁《ひんぱん》にあることではなかった。用もないのに近づいたりはしないので、長兄や兄嫁にもっと来いと言われながらも、本当にたまにしか立ち寄ることはない。

今日は特別だった。甥《おい》の誕生日プレゼントを届けに、ほんの小一時間ほど居間にいて、引き留められるのを振り切って玄関を出たのだ。

ガレージに止めておいた車に乗り込もうとすると、向かいの家の玄関が開いた。

出てきたのは絵里加だった。長い髪を揺らし、真っ直ぐにこちらに向かって歩いてくるからには、最初から雅人には気づいていたということだろう。

「いいタイミング」

「何だ、お前も帰ってたのか」

「そうなの。雅人の車が見えたから、送ってもらおうと思って待ってたのよ」

南家のリビングから様子を窺いつつ、文字通り待ちかまえていたというわけだ。このあたりは相変わらずちゃっかりしている。

乗っていいかどうかも聞かず、絵里加は後ろのドアを開けた。どうやら実浩に対する遠慮はあるようだ。

「よろしく。剛史んとこでいいから」

「いいから、ってお前な……」

完全にタクシー扱いである。しかも、無料の。

もっとも今に始まったことではないし、絵里加には去年の一件以来頭が上がらないので、ここは黙って車を出した。少し遠回りになるものの、岩井の住むアパートならば、絵里加の住むマンションより大きな迂回《うかい》にはならない。

「今日は休みか？」

「半休。ちょっと用事があって」

「ふーん……料理教室か？」

「もう知ってるのっ？」

絵里加は珍しく焦《あせ》った様子で、前のシートにしがみつくように身を乗り出した。よほど知られたくはなかったようだ。

それから元のように深く座り、大きな溜め息をついた。

「情報が早いわね」

「実浩がのろけられたらしいぞ。結婚するんじゃないかと言ってたが……どうなんだ？」

「ああ、するんじゃない？」

まるで他人ごとのように軽い言い方が、かえって確固《かっこ》たる自信のようなものを強く感じさせる。目に見える以上に上手くいっているようだった。

「そうか」

「なぁに、寂しいの？　それとも先越されて悔しい？」

笑みを含んだ声がした。少し前に慌てていたのが嘘《うそ》のように、もうすっかり落ち着きと余裕を取り戻している。

いつもの絵里加だった。

「先って、こっちには結婚なんてないんだぞ」

「書類上はね。何よ、そんな形式にこだわってんの？　要は心持ちじゃないの？　それとも何か問題でも発生した？」

「簡単に言うな。それに、問題なんて何もない」

雅人は憮然《ぶぜん》としたまま言い返した。

「それにしては、ガツガツしてない？」

「……そう見えるのか？」

「見える。あんまりスマートじゃないわね」

言いたいことを言うのも相変わらずだった。彼氏の前でもこの調子なのかと問いかけて、愚問《ぐもん》だと思い直す。態度を変えられるくらいだったら、もっと彼女の過去の恋愛は長続きしていてもよさそうなものだ。

「何を焦ってるの？」

「……トラウマになってるかもしれない」

「ふーん」

気のなさそうな返事は、実は暗に先を促《うなが》している。

こちらの事情はすべてわかっているのだ。まだ雅人が実浩と言葉を交《か》わす前から今に至るまでを、彼女は何もかも知っている。

「実浩を信用してないって意味じゃないぞ」

「当たり前じゃない。そんなこと言ったら、私が代わりにぶっ飛ばしてるわよ。まぁどっちみち、情けないことには変わりないけど」

「わかってるよ」

「矢野くんに愛想を尽かされない限り大丈夫じゃないの。余裕なくして、あんまりうざったい真似《まね》してると知らないわよ」

まるで見てきたような言いぐさだった。

「実浩がそんなようなことを言ったのか？」

「言ってない。そうじゃないかって簡単に予想がつくの。伊達《だて》に三十年以上も付き合ってるわけじゃないんだから」

絵里加はお互いに物心がつく前から付き合いの年数をカウントしているらしい。思えば彼女ほど付き合いの長い相手は肉親以外ではいないのだ。友人というよりは兄妹、あるいは姉弟といったほうが正しい気がして、今までに一度だって恋愛感情や、それに近い感情が芽生えたことはないのだった。

「で、本当にうざい真似してるわけ？」

「そうかもしれない。実浩に近づく人間がいちいち気になって仕方ないしな」

「ああ、やだやだ。独占欲なんてね、ちょっと出すからいいのよ。度が過ぎりゃうざいだけ、っていうか、うんざり。そんなのあんたが一番よくわかってるはずじゃない。自分がさんざん嫌がってたことしてどうすんの？」

「そうだな……」

耳に痛いほどもっともな意見だった。かつて束縛され、干渉されることを嫌ってきたのは、誰でもない雅人のほうだった。

まさか自分がするほうに回るとは、考えもしなかった。

「だいたいねぇ、相手の行動をやたら知りたがったり、近づくやつにいちいち目くじら立てたりなんてのは、自分に自信がないか、相手を信用してないかなのよ。それを『好かれてる証拠』なんて喜ぶのはデッカイ勘違《かんちが》い！」

「……お前、私情入ってるぞ」

かつてそういう男と付き合ったことのある絵里加は、相手の過干渉に耐えきれなくなって別れたのだった。別れるときに相手が、前の彼女を引き合いに出して、冷たい女だとか何だとか言ったらしく、当時もずいぶんと腹を立てていた。どうやらそれを思い出してしまったようだ。

「あんたには、そんなつまんない男になってほしくないってことよ」

「ご忠告感謝」

「ま、心配するのもわからないでもないけどね。矢野くんて、女の子みたいに綺麗な顔してるし、色気はあるし、やたらと男にモテるみたいだし」

言い方が少し悔しそうなのは、絵里加自身はさほどアプローチを受けないからである。かなりの美人なのに、隙がなさすぎるのと色気がないのとで、なかなか男が近寄っては来ないのだという。最初は真偽のほどを疑っていたものだが、どうやら真実らしかった。

その点、実浩はまったく逆だった。本人は隙を作っているつもりはないだろうが、少なくとも端から見れば隙があるように見える。実際以上におとなしそうに見えるし、何でも言うことを聞きそうなタイプに思われがちだ。

嫌な言い方をすれば、男好きのするタイプなのだ。

「夢見られがちだし？」

ますます笑みの色が濃くなったのは、五年前のことを引き合いに出そうとしているからだ。雅人にも覚えがあるのだ。

「確かにな」

「女の子だったら、きっと痴漢《ちかん》に遭《あ》いやすかったと思うわ。触っても、我慢《がまん》して黙っていそうに見えるじゃない。実際はどうか知らないけど」

そう言う絵里加が、けっして黙ってはいないタイプなのは間違いなかった。

「どういうたとえなんだ」

「矢野くんならありそうでしょ。可愛いし、おとなしそうだもの。何となく影のありそうな美少女タイプはもてるのよ」

「美少女ってな……」

呆《あき》れながらも、反論しなかった。年齢と性別から言えば美青年でもおかしくはないはずなのに、実浩にどうにもそれが似合わないのは確かだ。

「ニュアンスよ、ニュアンス。何かあの子、儚《はかな》げなのよね」

「見た目に寄らず頑固《がんこ》だぞ」

「知ってるわよ。そうそう思い通りになんかならない子よね。あんたに対しては、今はどうか知らないけど」

含みのある言い方だった。それきり何を告げるわけでもなかったから、それ以上の口出しをするつもりはないということだ。

彼女の言いたいことはわかっている。

雅人を捨てたという負い目を持つ実浩は、よほどのことがない限り、雅人のすることを、そして言うことを受け入れようとしている。

どこか微妙で不自然な関係なのだ。互いに強く思い合っているのに、小骨が喉《のど》に突き刺さったような違和感《いわかん》が拭《ぬぐ》えない。

今の関係を狂わせることがない代わりに、ずっと気がかりを水面下に残しているような、小さな小さな過去の傷《きず》。

たぶん互いにまだ癒えてはいないのだ。

「正直言って、お前たちが羨ましいよ」

「隣の芝生は青いのよ。人を羨む前に、さっさとふっ切ったら?」

「容赦ないな」

「当然じゃない。芝生育てるには、それなりに手入れも必要ってこと。何もしないで、青々するわけないでしょ」

真理だ。まったくその通りで、返す言葉もなかった。

友人は他にもいるが、絵里加ほど容赦なく、そして的確《てきかく》に言いたいことを言ってくれる相手はいない。

タクシー代としては安いかもしれなかった。

「それに、あんた今、大変な時期でしょ」

「ま、それなりに」

ことさら軽く言ってはいるものの、口にしたよりはいろいろとあるのが実情だった。

去年の夏にオーストラリアから帰国したのは、向こうでの仕事に目処《めど》がついたということもあるが、国内での仕事に取りかかるためでもあった。

個人で賞を取ったことによって、いくつか名指しでオファーが来たのだが、亡き父親がそのうちの一つを選んで実現化させたのだ。すでに父親が病気で余命幾ばくもないときだったこともあり、拒否する気は起こらなかった。

最後の親孝行のつもりだった。

都内に新しく建設される外資系ホテルは、日本への初進出にあたり、多少出遅れた感も否《いな》めない。だからこそ、コンセプトははっきりとしており、そのイメージが雅人の発表した過去のデザインに合っているのだという。もちろん、父親の名声と無関係だとは思っていない。バックグラウンドがあるからこそのオファーだろう。

とにもかくにも、注目されている仕事なのだ。有賀久郎の息子として恥ずかしくないものを造らねばとは思っている。

「それなりに期待してるからね」

「どうも」

「さすがにホテル完成まで待ってられないから、挙げるとしたら式は別のとこかな。で、自分たちの家のほうはどうなってるの？」

「図面はとっくに引いた。細かいことも、だいたい決まってるよ」

実浩と二人で語り合っていた「家」は、紙の上と模型ではとっくに完成しているのだった。

五年前に会話の中で造った家を、最初に形にしたのは実浩だ。別れている間に、彼は雅人を思い続けてくれて、気持ちを形にするように模型に起こしたのだ。

　単なる未練だったと実浩は苦笑したが、胸を打つほど嬉しかった。あれを見つけた瞬間に、雅人は実浩の心がまだ自分にあると確信できたのだ。

　それを今度は雅人が図面にした。もちろん、資格も持たない学生の作ったものだったから、実際に家となるように手は加えたし、話し合いの上でいろいろと変更もしたが、基本の形は変わっていなかった。

　二人で住むその家を実際に建てようと決めたものの、思っていたより計画は進んでいない。

「問題は場所だな」

「こだわりすぎなんじゃない？」

　一蹴《いっしゅう》されたが、妥協《だきょう》する気はなかった。

　かれこれ半年ほど探し、なかなか納得する場所は見つけられないでいる。急ぐこともないとは思うのだが、一方で早く形にしてしまいたいという気持ちも強い。

　理由はわかっていた。

　みっともなくて誰にも言えないでいるし、冷静な部分で自身をあざ笑っているが、つまりは形にしてしまえば、実浩をしっかりと繋《つな》ぎ止めておけるような気がしているのだ。

「焦る必要ないじゃない。矢野くん、まだ社会に出たばっかりよ？　マンションだって、去年買ったばかりでしょ」

「そうだな……」

理性で頷いて、ハンドルを切った。

言われなくても承知している……とはさすがに口にはできない。頭では十二分にわかっていることが、心で納得できないのはよくあることだ。

「ま、私もよさそうなの見つけたら教えるから、とにかく今は大事な仕事、頑張りなさいよ」

「ああ」

そう、とにかく今は、ホテルの設計だ。確実に認められていき、やがては独立して事務所を構えるためにも大事なことだった。

雅人は自分に何度も言い聞かせながら、薄暗くなってきた中、ライトを点灯させた。

「これ、持ってる？」

いきなり馴染みのない雑誌を目の前に差し出され、実浩は面食らいながら社長の顔を見上げた。問うように見つめると、すぐに答えは返ってきた。

「経済誌だけど、有賀雅人が載《の》ってるよ。もう読まないから、持って帰っていいよ」

「あ……ありがとうございます」

笑顔が不自然にならないように注意しながら実浩は雑誌を受け取った。

ちらりと岩井に目をやれば、素知らぬふりをしてパソコンに向かっていたが、耳がこちらに向けられているのは間違いないだろう。

まだアルバイトとして来ていた頃、実浩は未練がましくも、雑誌に雅人が載るたびに買っていたのだ。現金なもので、再会してからその習慣はなくなったのだが、社長はそうと知らず、自分の買う雑誌に雅人の記事を見るたびに実浩にそれをくれるのである。

この職場で、実浩と雅人の個人的な繋がりを知っているのは岩井だけだ。出入りしていたトレース会社の営業・絵里加が岩井と付き合っていることは知っているものの、彼女が雅人の幼なじみだということも知らない。

実浩の住所が一等地のマンションだという理由は、親戚の家に下宿、ということで納得してもらっているのだ。

「じゃ、お先に」

「お疲れさまでした」

仕事の残っている実浩と岩井を残し、用事があるという社長は定時よりも早く事務所を後にした。

波多は今日もマンション建設の現場である。

ドアが閉まってしばらく経った頃、おもむろに岩井が口を開いた。

「ずっと黙ってんの？」

「……どうしたらいいと思います？」

「そうだなぁ……」

どうしたものか、と岩井は腕組みをして唸《うな》った。

「岩井さんと絵里加さんの結婚式には、バレますよね？」

「け、結婚て……！」

岩井はごほごほと噎《む》せながら、慌てふためいて実浩を見つめた。顔が少し赤くなっているのが、妙に微笑ましい。

「しないんですか？」

「絵里加が言ったのか？」

「俺は聞いてませんけど、それが自然かなと思って。料理教室のこと、雅人さんに言ったんですよ。そうしたら、かなり驚いてました。今までそんなことなかったんだって」

「ああ……そういや、話が回ってるって怒られたな。恥ずかしいから余計なこと言うなって」

どうやら早くも尻に敷かれているようだが、それはそれでこの二人らしいと思えた。

「でも、したいようなこと、絵里加さんが言ってたって」

「そうなの？」

「はい」

「そっか……」

岩井はぽつりと呟いたきり、画面を見つめて押し黙った。思考の中にどっぷりと浸かってしまった彼は、なかなか口を開く様子も見せないので、実浩は自分の作業に戻っていった。

十分もした頃に、急に声が聞こえてきた。

「俺でいいんかなぁ……」

「どうしたんですか？」

「いや、絵里加ってさ、俺が言うのも何だけど美人じゃん？　頭もいいしさ、いいとこのお嬢だし。おまけに、幼なじみに有賀雅人だよ？」

溜め息まじりの言葉は、実浩にも理解できた。

最初に雅人から好きだと言われた頃は、地に足がつかないような状態で、すぐに反対されてそこから一気に引きずり下ろされたようなものだったから、岩井のような悩みを抱えることもなかった。かえって今のほうが、岩井の言いたいことはわかった。

「でも絵里加さんは、岩井さんと雅人さんを比べたりしてないですよ」

「それはそうなんだろうけど……」

「岩井さんがそんなこと言ったら、俺なんてどうしたらいいのかわかんなくなっちゃいますよ」

「矢野くんはさ……いや、何でもない。そうだよな……関係ないか」

実浩は大きく頷いて、二人分のコーヒーを注いだ。幸い、この職場はコーヒーにうるさい人間がいないので、常に作り置きがしてあるのだった。

岩井は礼を言ってカップを受け取ると、大きな溜め息をついた。

「ま、コンプレックスを刺激されるのは確かなんだよな。有賀雅人ってさ」

「それは……わかりますけど」

同じく建築士である者として、それはよく理解できた。まして卒業したての実浩とは違い、岩井は雅人とそう年も変わらないのだ。仮に才能が同じだけあったとしても、雅人がそれを発揮する機会に恵まれているのは事実である。

「わかってんだよ。彼氏だってさ、有賀久郎の息子って看板を背負《しょ》ってかなきゃなんないんだし、それってきっと想像を絶するようなプレッシャーだろうしさ」

「……はい」

「実際、才能あると思うしさ。けどな、どうしてもチクチクくるんだよ。あっちはこの世界じゃ期待の星だしな。男の俺から見ても、男前だし」

「絵里加さんにとって、そういうのは関係ないと思いますよ」

「うん……一応、わかってんの。頭でわかってても気になる俺って、人間小さいんかなぁ」

香りが飛んで冷《さ》めかけたコーヒーを、岩井はブラックのまま半分くらい喉に流し込む。さほど熱くないからできることだった。

「そんなことないですよ。釣り合いっていう意味では、俺だって気になります。いっそ違う仕事だったらよかったんだろうけど……でも、気にしてても仕方ないし」

そのあたりは早くもふっ切れたことである。そもそも実浩にとって雅人は憧れの人だったので、最初から追いつこうとか、比べようとかいう気にもならないのだ。

岩井はコーヒーを飲み終えると、データを記憶媒体《きおくばいたい》に落としてパソコンの電源を落とした。どうやら今日はこれで終わるらしい。

「家に持って帰るわ。矢野くんも、帰ろうぜ」

「あ、はい」

実浩は急いで帰り支度をすると、岩井と一緒に事務所を出た。隣の会社はまだ人がいるらしく、こうこうと明かりがついている。隣はいつ無人になるのかが不明なほど、四六時中、人がいるのだ。夜中のことを実浩は知らないが、社長がたまに事務所にいるときはいつでも隣に明かりがついているそうである。

「……お隣、いつも忙しそうですね」

「まぁね。半分、住んでるようなもんだからな」

顔を寄せて小声で囁《ささや》き合いながらエレベーターに乗り、一階まで降りると、ちょうどエントランスに先日の大学生がいた。

彼は実浩に気がつくと、とりあえずといった調子で会釈して、何も言わずに階段を上がって行ってしまった。

外へ出ると、岩井が言った。

「今の子だろ?」

「そうです」

「愛想があるんだかないんだか……。しかし偉いね、階段使ってたよ。俺は三階でもエレベーターに乗るな」

変なことを堂々と言い切る岩井だが、確かに一理はあった。実浩も近いものはあるだろう。もともと身体を使うことは苦手なのだ。

マンションを出て間もなく、岩井は思い出したように言った。

「前にさ、矢野くんが言ってくれたよな。俺と絵里加、お似合いだって」

「あ、はい」

「今でもそう思う?」

「思います」

きっぱりと頷くと、岩井はにわかに嬉しそうな顔をして、まるでヘッドロックをかけるようして腕を首に回してきた。

「よし、頑張る」

「は……?」

「明日、デートだからさ。気合入れようと」

「はぁ」

気持ちの切り替えについていけなかったが、とりあえず岩井のテンションが戻ったのはいいことだと思うことにして、実浩はぎこちなく笑いながらもう一度頷いた。

実浩はそっと身体を起こし、深く眠る雅人を見つめ下ろした。

いつもだったら気配に気づき、すぐに目を覚ますはずの彼が、今日はぴくりともせずに眠りの中にいる。

疲れているのかもしれない。

大きな仕事だから無理はなかった。それに、口には出さないがプレッシャーを強く感じていることも、実浩は知っている。

人が雅人を見るとき、あるいは語るとき、そこには常に亡き久郎の影を見る。そのことを雅人がどう思っているのか、具体的に聞いたことはなかったが、もどかしく、あるいは口惜しく感じていることは確かだろう。

それだけに、本人が口にする以上に、今回の仕事には熱が入っているのだ。

安らげる空間、がテーマだと言われているらしく、それならば以前よりも今のほうが取り組みやすいと雅人は言う。

実浩と二人でいるときのような気分を、と臆面もなく言われたときは、正直言ってかなり照れくさかったけれども。

静かにベッドから抜け出してシャワーを浴びると、実浩は朝食を用意した。もちろん仕上げは雅人が目を覚ましてからするつもりだ。

時計の針は十時を少し回ったところだった。

あらかたの支度を終えてソファーに身体を投げ出す。

就職して三ヵ月近く経ち、ようやく環境に慣れてきつつあるが、それでも日曜日になると憂鬱《ゆううつ》な気分になってくる。これが噂のブルーマンデーかと納得し、さらに重症な人の話を聞いて、自分はまだマシだと言い聞かせてもいる。もう一人の先輩の波多などは、まだ休みに入る前の金曜日の朝が一番嬉しいなどと言っているのだ。

見もしないテレビをつけ、ぼんやりしているうちに十一時になった。

そろそろ起こそうかと思った途端に、電話が鳴りだした。そう大きな音ではなかったが、実浩を驚かせるには十分だった。

子機のディスプレーには、竹中の文字が見えた。

どうしようかと一瞬、迷う。

竹中と話さずにいられるならば、そうしたいところだが、留守番電話になっていないものを無視するわけにもいかず、実浩は意を決して受話器を取りあげた。

「はい……有賀です」

『おはようございます、竹中です。先日はどうも』

抑揚《よくよう》に乏《とぼ》しい、だがはっきりとした声がした。電話越しにこの声を聞くのは、高校三年生の秋以来だった。

「どうも……」

『雅人さんは、まだお休みでいらっしゃいますか』

「ええ、もうすぐ起きると思いますけど……あの、起こしてきましょうか？」

『いえ、お疲れでしょうから、どうかそのままで。伝言をお願いしてもよろしいでしょうか？』

「どうぞ」

『週明けの会食が翌週に延びましたとお伝えください。曜日は同じです』

「それだけでよろしいですか？」

『けっこうです。何かありましたら、携帯《けいたい》に連絡をいただけるようにお伝えください。お休みのところ申し訳ありませんでした。それでは、失礼いたします』

竹中は用件だけ告げると、実にあっさりと話を終わらせた。そこには一片《いっぺん》の感情も含まれてはいなかった。

ほっと息をついて子機を置くと、寝室のドアが開く音がした。

パジャマの下だけを身に着けた雅人が、寝起きだとは思えないほどしゃっきりとした様子で歩いてきた。

「電話がなかったか？」

「今、切ったところ。竹中さんだった」

「竹中……？」

途端に雅人は怪訝《けげん》そうな顔をした。予想外の反応に、実浩は慌てて電話の用件を伝えたものの、険《けわ》しい表情は消えなかった。

隣に座りながら、雅人は静かに問いかける。

「それだけか？」

「うん。だって他に用事なんてないし……」

「そうか」

雅人はあからさまにほっとした様子を見せて、実浩を引き寄せた。

彼もまた、竹中の行動には神経を尖《とが》らせている。二人の関係を反対していた父親はすでになく、長兄は雅人の人生だと割り切って、無関心に近い肯定をくれているが、それでも心のどこかに警戒してしまう部分があるのだ。

それは実浩にも理解できた。

「大丈夫。俺はもうどこにも行かないよ？」

「わかってる……」

言いながらも、抱きしめる腕を緩《ゆる》めることはなかった。

どうしたら安心してもらえるのか、それが実浩にはわからない。いくら好きだと言っても、身体を重ねても、雅人の中の焦燥感《しょうそうかん》は消えてくれる様子がなかった。

「実浩。明日、土地を見に行こう」

「いいけど……。忙しいのに大丈夫？　こっちは急がなくても……」

「急ぎたいんだ」

思いがけず強く言われて、実浩は口を噤《つぐ》んだ。

雅人の気持ちは何となく察しているつもりだった。以前、それとなく絵里加の口からヒントを教えられたせいかもしれない。

たとえば男女のカップルが結婚という形で将来を誓い合うように、雅人は二人の理想を約束の形にしようとしているのだと。

建てる家は、当初のプランとは少し変わってきている。

住居の一角には、将来事務所としても使える仕事場が加えられたために、平屋だったものが二階建てになった。もっとも、外から見れば少しばかり天井の高い平屋に見えることだろう。寝室となる二階は、屋根裏を利用したようなものだからだ。

「俺が独立したら、来てくれるだろ？」

「……うん」

本心からとは言えなかったが、実浩はいつものように頷いた。

気持ちはひどく曖昧だ。今の事務所でキャリアを積んで、雅人とは違う場所でやっていきたい気持ちもあったし、雅人のそばで同じものを造っていきたいという気持ちもあった。今の段階でどちらが強いかと言えば、実は前者だ。私生活も仕事も、すべて雅人と一緒という状態に、抵抗を感じないと言えば嘘になる。

「実浩……」

唇を重ねられて、実浩は目を閉じた。

キスのためだけではなく、揺れている自分の気持ちを悟られたくなかったせいでもあった。

深くなるくちづけに、心と身体を預ける。昨晩の残り火が、貪《むさぼ》るようなキスに煽《あお》られて、再び実浩の中で熱になっていく。

意図を察して、実浩は雅人の腕の中で小さくもがいた。

「待っ……朝、食の……」

最後までは言わせてもらえずに、また口が塞がれる。

余裕がないように感じるのは、仕事で神経が尖っているからかもしれない。ここのところ頻繁に求められているのは、おそらくそのせいだ。

実浩を抱くことで、安定を得ようとでもしているかのようだった。

それにおそらく、竹中からの電話も無関係ではない。先日、バーで彼に会った夜も、雅人は何度も何度も実浩を抱いた。

気を失うほど激しく、そして執拗《しつよう》に。

「ん……」

官能の火種を燃え立たせるのは簡単なことだ。少なくとも、雅人はたやすくそれができる。誰に対してもそうなのか、それとも実浩だからなのかは、確かめようと思わなかったけれど。

バスローブの裾《すそ》を割って冷たい手が入り込んだ。

そんなつもりではなかったのだが、下に何も着けていない実浩の身体は、まるで抱かれるのを待っていたようで、それが妙に気恥ずかしかった。

「ぁ、あっ……ん」

じわじわと快感が奥底から這い上がってきて、鼻にかかった声が漏れる。

カーテンを開け放した窓からは、さんさんと日が差し込んできているが、幸いにして近くに高い建物はないから、外から見られる心配はない。

ただ実浩が羞恥《しゅうち》に苛《さいな》まれるというだけのことだった。

やめろと言うつもりはない。だが、日の差し込むリビングは抵抗があった。ソファーの上は初めてじゃないが、真っ昼間のリビングというのは初めてのことなのだ。

「雅人さん、ベッドに……っ」

「俺しか見てないだろ？」

やんわりと却下《きゃっか》を食らうと、それ以上は何も言えなくなった。

雅人にそのつもりはなくても、実浩はまるで試されているような気持ちになってしまうのだ。望むことを何でも受け入れれば、そのうち彼が安心できるかもしれないと、心のどこかで思ってしまっている。

ぎこちない関係かもしれない。

だが離れたくないのだ。それは何よりも強い気持ちだった。

「っぁ……ん！」

いきなり最奥《さいおう》に濡《ぬ》らした指を入れられて、実浩はびくりと身を竦《すく》めた。

雅人のものを受け入れたそこが快感の追い方を思い出すのはあっという間で、実浩は指を動かされるままに、せつなげに眉を寄せて声を上げた。

いつもより性急《せいきゅう》な行為に、実浩は戸惑いを覚える。だがじっくりと考える余裕は与えてもらえなかった。

「ん……ぅ、っ……」

広げられた胸元に雅人が顔を埋める。

すでにぷっくりとしこっていた胸の飾りが、ざらりとした舌で舐《な》め上げられる。口の中に含まれて吸われ、歯で軽く噛《か》まれもした。

感じやすいところを愛撫《あいぶ》され、たまらない気持ちよさに肌が震《ふる》える。

同時に指で内側から弱いところを突かれ、その強すぎる快感に、実浩は腰を捩《よじ》りながらかぶりを振った。

「ひぁ、あ……っ」

抱くための前戯《ぜんぎ》というよりも、実浩を乱れさせることが目的のような愛撫だった。喘《あえ》ぐ唇を塞がれて、悲鳴さえもキスに飲み込まれていく。

指で突かれるたびに、身体はびくびくとソファーの上で跳《は》ね上がった。

苦しいくらい、弱いところを攻められた。

それでも心が擦《す》れ違っていたときのことを思えば、こんなことは何でもない。もう愛されてなんかいないと思いながら抱かれていたときは、もっとずっと苦しかった。

「や、ぁ……んっ、あん……！」

解放された唇からこぼれるのは、あからさまなよがり声だ。そして耳を覆いたくなるような淫猥《いんわい》な音も聞こえてくる。

長い指は、まるで意志を持った生き物みたいに実浩の中で蠢《うごめ》いて、実浩の身体をぐずぐずに溶かしてしまう。

胸の粒に絡みつく舌と、中をかき回す指。

おかしくなりそうなほど、どうしようもなく感じた。

甘い声がすすり泣きに変わるまで、執拗な愛撫は続けられ、その間ずっと、実浩はソファーの上で快感にのたうっていた。

「雅人、さん……も、う……」

「欲しい？」

問われるまま頷くと、ようやく指が引き抜かれ、代わりに雅人のものが押し当てられる。圧倒的なその存在感に陶然《とうぜん》となりながら、じりじりと押し進められる感覚に、実浩は声を上げながら仰《の》け反《ぞ》り、ソファーに爪を立てた。

「あぁっ、ぅ……あ……っ」

甘い痛みは、けっして嫌いじゃない。その先に快楽が約束されているせいもあるだろうが、何よりも雅人を受け入れていると感じられるからだ。

異物感さえも愛《いと》しかった。

落ち着くのを待つように、あちこちにキスをされる。額《ひたい》や頬《ほほ》、顎《あご》の先やこめかみ、まぶた。そして耳たぶ。

軽く噛まれて実浩は小さく声を上げた。身体が無意識に、飲み込んだ雅人を締め付け、さらに中からの圧迫感が増した。

自分の身体で雅人が反応するのだと思うだけで、その喜びに鳥肌《とりはだ》が立つ。

細い脚で雅人の腰を挟《はさ》むようにして、律動《りつどう》に身を委《ゆだ》ねた。

何も考えなくてもいい、瞬間。二人の間で生み出されていく快感に、思考も理性も溶《と》け出して形をなくしていく。

身体を重ねることで雅人が安心できるならば、ずっとすればいいとさえ思える。

壊れたってかまわなかった。

好きで好きで仕方がないのだと、もう二度と雅人と離れては生きられないのだと、どうしたらわかってくれるんだろう?

「あっ……ん！　ん……っ、あぁ――！」

白く弾《はじ》ける瞬間に、実浩は甘く声を放った。

反らした喉に、噛みつくようなキスをされる。それからすぐにまた唇が重ねられて、貪るようなキスが与えられた。

夢中になって応じながら、力なく投げ出していた腕を雅人の首に絡《から》めた。

休日の過ごし方は、とても他人には言えないことばかりだ。こんなふうに朝から抱き合うことだって、けっして珍しくはない。

一緒に暮らすようになってから、歯止めは効《き》かなくなっているような気がした。

「は……」

ようやく雅人は身体を離し、長い指で実浩の髪を梳《す》いた。

呼吸がなかなか整わない。ふわふわと浮くような感覚は心地よく、絶頂の余韻《よいん》がまだ色濃く残っている。

ゆっくりと目を開けると、見つめ下ろしてくる端整な顔があった。

男らしく削げたその頬に触れたことに、大きな意味はなかった。ただ、触れたかったというだけだった。

微笑んで見せると、雅人はその手を摑んで、黙って唇を押し当ててきた。

何かの儀式のように恭《うやうや》しいしぐさだ。言葉よりも雄弁《ゆうべん》に、そこから雅人の気持ちが流れ込んでくるような気がした。

やがて囁くように雅人は言った。

「本当は、隠しておきたいとさえ思うよ」

「雅人さん……？」

「誰の目にも触れないように閉じ込めて……」

怖いくらいに真剣な瞳が、次の瞬間には嘘のように柔らかくなる。

言葉を挟むことなどできなかった。

「無理だってわかってるけどな」

苦笑を浮かべながらの告白に、実浩は何も言えなくなった。

執着《しゅうちゃく》が嬉しくないと言ったら嘘になるが、相手を縛《しば》りたいと思うことが、必ずしも気持ちの強さと比例しているとも思わない。

雅人のそれは、不安によるものだ。

「……それで、雅人さんが安心できるなら、いいよ？」

「バカ。実浩の生活を壊せるわけないだろ。そういう気持ちがあるのは否定しないよ。でもそれは本意じゃない」

笑って見せる雅人は、やはり大人だと思う。

そんなことでは何の解決にもならないことは、互いに嫌というほどわかっていた。

どうしたらいいのかわからなくて、実浩は雅人を抱きしめながら、何も言えないままただじっとしていた。

「矢野くん、それ片づけたら帰っていいよ」

社長の言葉に返事をしながら、実浩は手早く夕食の片づけをしていった。

夕食と言っても、宅配ピザの紙箱を捨て、使ったカップを洗って新しくコーヒーを入れるくらいのものだ。

珍しく今日は全員で残業なのだが、もう実浩にできることはないようだった。

デベロッパーが言ってきた、ファミリータイプのマンションについての変更箇所があまりに多い上、個人宅の依頼のほうもクライアントがいろいろと無茶を言ってきて、今日はなかなか帰れる状態にならずにいる。

「この予算じゃ無理だってのに……」

社長がぶつぶつ言っているが、それは独《ひと》り言だから放っておくことにした。

コーヒーを渡すと、岩井は礼を言ってから大きな溜め息をついた。

「何かさ……デザイナーズマンションとか、やってみてー」

どうやら今回の仕事は、あまり面白くはない部類に入るらしい。

気持ちはわからないでもなかった。ひな形が決まっている中で図面を引くよりは、自分が思うものを形にしたほうが楽しいだろう。

「矢野くんがちょっと羨ましいよ」

岩井は声をひそめて急にそんなことを言い出した。

「え、どうしてですか？」

実浩はきょとんとして、岩井の顔を見つめ返した。

「だってさ、いきなり自分の設計した家が建つわけじゃん」

「あれは……雅人さんですよ」

「でも元は君の模型なんだろ？」

どうやらそのあたりの話も、実浩が何も言っていないのに絵里加を通じて伝わっているらしい。だが正しくはないようだった。

「昔、雅人さんと話してた通りに作っただけなんです」

「じゃ、合作だ。あれだな、二人の初めての共同作業です……ってやつ」

にやにや笑いながら言われて、実浩はわずかに顔を赤らめてうろたえた。今のフレーズは、披露宴《ひろうえん》でよく聞くやつではないだろうか……？

どうやら完全にからかわれているようだ。

「いいよなぁ、場所も決まったって言うし」

「ええ、まぁ……」

先日ようやく雅人が納得する土地が見つかったのだ。

実浩は交通の便が悪くなければ……というていどのこだわりだったのだが、雅人のほうはそうはいかなかったのである。

それでも半年で見つかったのだから、早いほうかもしれない。

今は施工業者《せこうぎょうしゃ》との打ち合わせを進めているところだった。これも雅人のこだわりゆえに、まだ時間がかかりそうだ。

「岩井さんたちこそ、どうなってるんですか」

「まぁ、ぼちぼち」

「何ですか、それ」

「お誕生日待ち、ってとこかな。あ、これ内緒だぞ。絶対な」

念を押されるままに、実浩は生返事をした。

つまりは絵里加の誕生日にでもプロポーズをするつもりらしい。はっきりそうと聞いたわけではないが、他には考えられなかった。

声をひそめての会話は、社長が席を立ったことで終わりになった。

「あの、それじゃお先に失礼します」

「おう、気を付けてな。俺はきっと泊まりだ」

外へ出ると、蒸した空気がまとわりついてきた。暑いと思うほどではないが、確実に気温は高くなってきている。

夏がもうすぐそこまで来ているといった感じだった。

隣は珍しく、電気が消えている。不夜城《ふやじょう》とまで言われていた会社にしては珍しいことだが、さして気にもとめずにエレベーターに乗り込んだ。

駅までは歩いて十分弱で、途中にはにぎやかな商店街もある。人通りが切れることもなく、女性の一人歩きでも安心だと言えるだろう。

実際、治安は悪くないらしい。

歩きながら時計を見て、少し足を速めた。

急げば急行に乗れそうだった。各駅でもいいのだが、今日は遅くなってしまったから、なるべく早く帰り着きたいというのが本音である。

ふと、以前岩井に聞いた言葉を思い出した。

公園を突っ切って行けば、多少のショートカットになるらしい。腰ほどの高さの柵《さく》を乗り越えなくてはならないらしいが、大した労力でもないだろう。

実浩は公園に足を踏み入れ、小走りに歩を進めた。

昼間は散歩する人たちでにぎわっているが、さすがにこの時間は人も少ない。ときどき、ジョギングをする人や、犬の散歩をする人を見かけるていどだった。

実浩は植え込みに入り、柵を目指して歩いた。それを越えれば、傾斜となった植え込みがあり、その下は歩道だ。

実浩はふと、走ってくる人の気配に気がついた。

目深《まぶか》の帽子を被った男だ。光が届いていなくて顔まではわからないが、その男が植え込みに入り込

んできた。

その影は走り寄って来ながら、こちらに向かって手を伸ばしてくる。

考えるより先に身体が動き、実浩は柵を乗り越えた。

伸ばされた手が服の端を掴みかけたが、指先だけの感触はすぐに振り切れて、滑り落ちるようにして植え込みを駆け下りることができた。

歩道へと降り立って振り返ると、人影が柵のところに佇《たたず》んでいるのが見えた。

危機感が実浩の中で点滅している。

幸いにしてここは車通りのある道だが、それでも追ってこないとは限らないので、そのまま駅に向かって走り出した。

強盗《ごうとう》なのだろうか、それとも暗がりで実浩を女性と間違えたのだろうか。

どちらの可能性も否定できなかった。

後ろを振り返る余裕もなく走り、人通りの多い通りに出たときには、もう息が上がっていた。のんびりと歩く通行人たちを見て、ようやく肩から力が抜ける。

今になって膝が震えてきた。

たぶん青い顔をしていることだろう。自覚があったから、自分を落ち着かせるために駅前のカフェで、コーヒーを買って席を取った。

早く帰るために近道をしたのに、これでは本末転倒《ほんまつてんとう》だ。それでも、このままでは帰り着くまでに平然とした態度を取るのは難しい。

（そうか……警察に言わなきゃ……）

できれば避けたいところだが、何が目的かわからない輩《やから》が公園内にいることを知っていて黙っているのはまずい。とにかく警戒だけでもしてもらわないことには……。

実浩はコーヒーに半分ほど口を付けたところで店を出た。

駅前には交番があり、制服の警察官が酔っぱらった男性を送り出しているところだった。

実浩が思いつめた顔で近づいていくと、気づいた警察官がこちらを見て、「どうかしましたか」と声をかけてくれた。

「あの……今、そこの公園で、その……追いかけられて」

警察官は実浩をじっと見つめると、大きく頷いて中へと促してきた。

帰宅はますます遅れてしまいそうで、近道なんて考えたことを実浩は後悔していた。


中で話をしたのは、時間にしたら三十分ほどだった。

正確な場所と状況、そしておおよその時間を聞かれ、襲ってきた——警察官はそういう言葉を使った——男の特徴を聞かれた。

話している間、知り合いが通ったら何て説明しようかとはらはらしたのだが、結局そういうこともなく無事に交番を後にした。

警察官は強盗の可能性よりも、実浩を女性と間違えたという説を取ったらしい。

夜になったらもう公園に入ってはいけないと窘《たしな》められたが、それはどう聞いても女性に対して痴漢の注意を促しているように聞こえて、ひどく情けない気分になった。

家に辿《たど》り着いたときには、もう十一時近くになっていた。

玄関の前で、実浩は自分の格好をもう一度確かめる。ジーンズの裾に泥が付いていたことに気づき、慌ててそれを叩いてからドアを開けた。

すると待っていたように書斎、つまりは仕事場から雅人が現れた。

「あ、ただいま……」

「遅かったな」

「うん、それでも早く帰してもらったんだけど……」

下を向きながら靴を脱いで、土の汚れに気づかれないうちにシューズボックスにしまう。

「何かあったのか?」

「別にないよ。どうして?」

自然に言えているだろうかと自問しながら顔を上げると、雅人はわずかに眉根を寄せて見つめ下ろしてきていた。

「何となく、そんな気がしたんだ。何もないならいい」

「……ちょっとミスして、クライアントに怒られたからかな」

とっさの言い訳を口にしてから、頭の中でその先の説明を考えた。異業種ではないから、破綻《はたん》があったらすぐにバレてしまうのだ。

だが雅人は深く追及《ついきゅう》することなく、実浩を先導《せんどう》するようにリビングへと向かった。

その背中を見ながら、実浩は小さく息をつく。

嘘をつくのは心苦しいが、余計な心配はかけたくなかった。今日のことを言ったら、雅人は職場まで迎えに来ると言い出しかねない。

とにかく今後は気を付ければ問題もないはずだ。

そのときは、そう思っていた。

実浩の出勤は、たいてい職場の誰よりも早く、従って事務所の鍵を開けるのも、ほとんど毎日の役目になっていた。

もっとも今日は、泊まりだと言っていた岩井が、床の寝袋《シュラフ》で寝ている可能性もある。

そう思いながら、ドアを開けた。

しかしながら予想に反して、事務所には誰もいなかった。目処がついて、何とかそれぞれ帰宅したということだろう。

実浩は納得しながら電気ポットに水を入れ、コンセントを差し込んだ。

定時よりも五分ほど過ぎた頃に、ドアが開いて、これもいつも通りに岩井が現れた。大幅な遅刻はしないが、時間通りにも来ないのが岩井という男なのだ。そして波多は、用事がない限りは十五分遅れでやって来て、社長はたいてい一時間押しである。社長は今日、朝から現場へ行くと聞いているので、夕方までは姿を見せないことだろう。

だがいつもと違うことがあった。

「どうしたんですか？」

岩井は左の腕に包帯《ほうたい》を巻いていた。

「いや、それがさ……」

岩井は溜め息をつきながら、左腕を右手でさすった。ギプスはないから骨折ではなさそうだが、包帯をするようなケガをしたのは間違いなかった。

「昨日、結局一時過ぎに帰ったわけよ。タクシー拾おうと思って、あっちの通りに向かって歩いてたんだけど……」

そう言って岩井は駅とは反対側を指差した。一番近い大通りは、ほんの二百メートルほど進んだところにあるのだ。

ただし小さな工場があるので、人通りは極端に少ない。

「いきなり、ガツンだよ。覆面《ふくめん》したヤツに、角材でさ」

「え……」

「とっさに頭かばってこれなんだけど、一発やられた直後にタクシーが通りかかってくれてさ。犯人は工場の門飛び越えてどっか行っちゃって……もう大変よ。夜中に警察は来るわ、病院に行くわで、ほとんど寝てないの」

溜め息をつきながら、岩井は自分の席に座った。それでもちゃんと出勤してくるのがタフと言おうか、責任感が強いと言おうか。

実浩は感心しながら岩井のためにコーヒーを入れた。

「大丈夫なんですか？」

「打撲《だぼく》で済んだよ。骨にも異常なし」

大事に至らなかったことに安堵の息を漏らしつつも、異常な事態に対する動揺《どうよう》は消えなかった。昨晩の実浩の件などは、これに比べたら些細《ささい》なことだ。

「でも、どうして岩井さんが……」

「うん……強盗か、ワケわからんガキのしわざか……」

「何人もいたんですか？」

「いや、一人。うん……だから、そこが引っかかってるんだよ。ああいうのって、たいがい集団でやるだろ？」

「そうですよね……。絵里加さん、心配してたでしょう？」

言った途端に岩井は困ったような顔をした。

コーヒーをすすり、大きな溜め息をついて視線を泳がせる。次に発せられる言葉は聞かなくてもわかる気がした。

「……言ってないんだ」

「どうして？」

「俺、もしかしたら絵里加絡みじゃないかって思ったんだよ。ほら、あいつに惚れてる男とか、前の男とか。それ以外、考えられなくてさ。俺は誰かとトラブル起こしたことはないし、まったく身に覚えはないんだよ」

「それは、そうかもしれませんけど……」

だがどちらも絶対にないとは言い切れなかった。

絵里加は自分でモテないと言っているが、本当にそうかどうかはわからないし、岩井だって彼の気づかないうちに、理不尽《りふじん》な恨みを買っている可能性はある。彼が何もしていなくても、何が人の気に障《さわ》るかはわからないのだ。

「あのさ、悪いけど、矢野くんからそれとなく聞いてみてくれないか？」

「前に付き合ってた人のこと、ですか？」

「うん。それとなく、な。俺のケガとは関係ないって感じで」

「雅人さんには言っていいですか？　もしかしたら何か思い当たることがあるかもしれないですし、俺より上手く聞き出せると思うし」

「ああ、頼むよ」

浮かべる笑みはさすがに苦いもので、見ていて痛々しかった。

パソコンを立ち上げ、仕事に取りかかろうとする岩井に心底感心してしまう。きっと実浩だったら動揺のあまり、こんなふうには振る舞えないだろう。

「絵里加さんには何て言うんですか？」

「とりあえず強盗未遂《みすい》って感じかな。実際、それが一番ありそうなんだけどな」

「物騒《ぶっそう》ですよね……」

「矢野くんもさ、タクシー使うんなら呼んだほうがいいぞ」

曖昧に頷きながら、昨日のことを言うべきかどうか迷った。だがこれからも岩井が駅への近道にある公園を使うかもしれないと考えると、やはり黙ってはいられなくなる。

「あの、雅人さんまで話が行かないようにしてほしいんですけど……、実は昨日……」

実浩はそう前置いて、昨日のことを細かく話した。

岩井は唖然《あぜん》とし、それから今までで一番大きな溜め息をついた。

「おいおい……まさか、何か関係あるんじゃないだろうな」

「でも、俺のほうは角材なんて持ってませんでしたよ」

「その代わり刃物でも持ってたかもしれないじゃないか」

見たことがないほど真剣な顔だった。表情だけ見ていたら、まるで怒っているように見える。それだけ心配してくれているのだ。

言われて初めて実浩はそういった可能性に気がついた。

背筋にぞっと震えが走った。

「同じ職場の人間が二人、数時間のうちにそんな目に遭うか……？」

「でも、俺は人のいない公園に入っちゃったし、岩井さんも真夜中に人のいない道を歩いていたわけだし……」

たとえ同一人物だったとしても、たまたま徘徊《はいかい》しているうちに目に付いたという可能性も否定できないだろう。

岩井は黙って腕を組み、難しい顔をしていた。

「それ、有賀さんには言わないつもりか？」

「今は言いたくないんです。俺が気を付ければいいことだし……状況が落ち着いたら言いますから、お願いします」

頭を下げると、岩井は何も言わない代わりに溜め息を漏らした。それは承知したという意味にとって間違いはなさそうだった。

やがてぽつりと彼は呟いた。

「ま、黙っててほしいのはお互いさまだしな」

「岩井さんのほうが深刻ですよ？」

「そうだよな……」

無意識にだろうが、また右手は包帯の部分をさすった。得体の知れない「事件」に、彼が恐怖を感じているのがわかる。

通りすがりだったらまだいい。たまたま、岩井があの時間にあの場所を通りかかっただけならば、気を付けていればいいだけだ。しかし、実浩の話を聞いたからには、偶発的な一件だと言い切ることはできなくなる。

「……ごめんなさい。俺、余計なこと言っちゃいましたよね」

「いや、知らないでいたほうが怖いし、言ってもらってよかったよ。気にすんな」

向けられた笑顔は無理して作ったものではなかった。きっと実浩が思っていたより、岩井は強い人間なのだ。

ドアノブが回る音がして、もう一人の社員が出勤してくる。

「おはようさん。あれ、どうしたの？」

当然の質問をきっかけに、岩井はまた同じ説明をし始めた。その流れで、実浩のほうの一件も言うことになりそうだ。

夕方、社長が来たらまたこれを繰り返すことになるのだろう。

妙なことになってしまったと、実浩はコーヒーを入れながら溜め息をついた。


待ち合わせた店で向かい合って食事をしながら、実浩は岩井の身に起こったできごとを、なるべく正確に話して聞かせた。

もちろん自分のことは黙っていた。

「それで、もしかしたら絵里加さんが付き合ってた相手あたりじゃないかって言うんだけど。雅人さん、何か知らないかな」

「絵里加のほうか……。いや、それはないと思うけどな」

やけにきっぱりと雅人は言った。

「でも……」

「こう言っちゃなんだが、あいつはいつもフラレるほうだったんだよ。たいてい相手に、別の女ができて、ってパターンだ。だから、前の男が岩井くんを襲うなんて、ちょっと考えられない」

お互いの恋愛を逐一《ちくいち》知っているのもどうかと思ったが、とにかく雅人に言わせると、そこまで引きずるような相手はいないはずだという。

それが本当ならば、やはり偶発的な災難だったということだろうか。それはそれで納得できるが、ここで決めるのもどうかと思う。

「一応、さりげなく聞いてみてくれない？」

「わかった。たぶん俺の意見は間違っていないと思うけどな。たぶん通り魔みたいなものじゃないのか？」

「うん……そうかも」

頷いてワイングラスに手を伸ばしながらも、頭の中では岩井の言葉がぐるぐると回っていた。数時間のうちに、同じ事務所の人間が普通とは言い難《がた》い目に遭うなんて、確かに変だ。

だからといって、あの事務所が誰かに恨まれているというのも考えにくい。社長にも意見を聞いたが、そんな深刻なトラブルはないと言っていた。仕事をしているのだから、そこはいろいろとあるわけだが、少なくとも社員にケガを負わせようなんていうほどの確執《かくしつ》はないそうだ。

「まさか、それで岩井くんが二の足踏んでるわけじゃないだろ？」

「二の足？」

「結婚だよ」

「あ……そこまでは、聞かなかったけど……でも、それはないと思う。岩井さんは、そんな人じゃないよ」

実浩の言葉を雅人は否定しなかった。顔を合わせた回数はそれほどないのだが、実浩や絵里加から聞く話で、岩井の人となりはわかっているのだろう。

「ま、そのうちに警察が何か調べあげてくれるかもしれないしな」

曖昧に頷きながら、グラスを元に戻した。

岩井の口から実浩のほうの件も警察に伝えられ、訪ねてきた捜査員《そうさいん》にいくつか質問をされたのだが、ここでも実浩の容姿のせいか、はたまた人のいない公園の植え込みという場所のせいか、傷害ではなく痴漢——というよりは暴行《ぼうこう》目的だと判断されたようだった。

上司や同僚の前で、女性の受けるべき注意をされるのはかなりいたたまれない気分だったし、さらに警察が帰った後、「矢野くんは可愛いから」なんてフォローなんだかよくわからないことを言われてしまい、さらに小さくなってしまった。

実浩はガラスに映った自分の顔を見て、溜め息をついた。

二十歳もとっくに過ぎたのに、相変わらず顎は細いままで、甘さの抜けない顔だった。友達はみんな、もっと顔の輪郭《りんかく》も男らしくなってきているのに、いつまでも実浩は十代のときのようにラインが細いのだ。

「どうした?」

「ん……そういえば、初めて話したときまで、雅人さんは俺のこと女だと思ってたんだっけ……と思って」

「突然だな」

雅人は笑いながらフォークを置いた。

懐かしいことに触れるときに人が見せる、優しい笑顔だった。あれは雅人にとって、そういう思い出なのだろう。

自分たちの最初のページだから、だろうか。

もちろん実浩にとっても、そうだった。

あのときに交わした言葉は、一字一句とまではいかなくてもほぼ完全に記憶の中に刻《きざ》まれている。雅人の細かい表情までも、ちゃんと覚えていた。

実浩はもう一度ガラスを見やった。

女には見えないと、自分では思うのだ。確かに男らしい、という言葉が当てはまるなどとは思っていなかったが。

だいたいもっと厚着の季節ならばともかく、今はシャツにパンツという恰好なのだから、身体つきを見ればわかりそうなものだ。顔はあるていど仕方ないとはいえ、凹凸のない棒きれのような体型のどこが女性に見えるのだろう?

知らず実浩は眉根を寄せていた。

「何か言われたのか？」

「え……？　あ、うん……ていうか、その……つまり、隣の人がちょっかいかけてくるのとか、社長たちが納得しちゃってるから」

とっさの言い訳は、雅人にも違和感なく受け入れられたようで、彼は浅く顎を引きながら溜め息をついた。

「好みの問題だろ。確かに実浩は可愛いけどね」

「あんまり嬉しくないよ……」

二十二の社会人の男にとって、その言葉は少しもありがたくない。まして容姿に向けられているのだからなおさらだ。

「学生に見られるし」

「しょうがないだろ？　ついこの間まで学生だったんだし」

「それはそうだけど、いまだにアルバイトだと思われてるんだよ？　ずっとバイトでいたから仕方ないんだろうけど……」

出入りの営業だとか、宅配便やバイク便のドライバーだとかは、いまだに実浩のことをアルバイトだと思っているらしいのだ。

「気にするほどのことじゃないさ。それより、家のことを話していいか？」

「あ、うん」

「新建材はなるべく使わない方向でいいだろ？　この際、徹底してヒノキのムク材で統一しようと思ってるんだ」

「でも、ヒノキじゃけっこう……」

言いよどむ実浩の声に被せるようにして、雅人は続けた。

「だから、徹底するって言っただろ。大量購入すれば、実浩が考えているよりコストはかからないよ。知り合いの業者だしね。家具も基本的には作り付けで頼もう」

家の話をするときが雅人は一番楽しそうだった。もちろん実浩だってそうなのだが、心に引っかかりがあることも否めない事実だ。

実浩が金銭的なことを言い出すと、雅人はいつでもさらりと流してしまう。食事だろうと、マンションの家賃の支払いだろうと、これから建てる家の、実浩の負担だろうと。

一緒に住む家に、実浩が何の出資もしないのはおかしい。そう言っているのに、雅人はちっとも聞いてくれない。

そのくせ雅人は、名義は半分実浩にするなんて言うのだ。

「壁はしっくいがいいな」

「……うん」

「実浩？」

「雅人さんのいいようにして」

二人の家だとは思えなくなってきている……というのが本音《ほんね》だった。模型を見ながら、あれを建てようと言われたときは嬉しかったし、その気持ちは今でも同じだが、あくまで雅人が建てて、実浩も一緒に住まわせてくれる家、なのだ。

実浩だったら、もっとコストを抑えるだろう。ヒノキでなくてもいい。スギでも米《べい》マツでもいいし、節《ふし》があるような見栄えのよくない木材でいいと思う。しっくいではなく、パネルだって使い、構造材を剥《む》き出しにすることだって考えた。

「雅人さんの納得のいくようにすればいいよ」

投げやりな言い方をしたつもりはなかったのだが、雅人には十分に面白くはなかったらしい。表情にそれが出ていた。

「実浩はあんまり乗り気じゃないみたいだな」

「そんなことないよ」

「だったらどうして、何でもいいって態度なんだ?」

雅人にとっては、自分一人が真剣になっている、とでも思えるのかもしれない。

諍《いさか》いを恐れ、自分の意見をはっきりと言わない実浩の態度も悪いとはわかっているが、そもそも自分の家だという意識を薄くさせたのは雅人のほうだった。

大人だと、雅人を見ていると思う。けれども、驚くくらいに子供っぽいと思うこともあり、視野の狭さを実感することもある。

不自由なく育ったお坊ちゃんだからなのか、才能に秀《ひい》でた一部の人間が持つ特性なのか、どちらにしても、ひどく未成熟な部分があるのは確かだろう。

「ごめん。そういうわけじゃないんだけど……」

「実浩が何を考えてるかわからないときがあるよ」

「……ごめん」

「前みたいに」

ぽつりと付け足された言葉に、実浩は目を瞠《みは》る。

前……と言ったら、実浩が雅人に背を向けたとき以外には考えられない。

確かにあのときも隠しごとをしていた。竹中が塾帰りに待ち伏せしたり、何度も電話してきたりして、実浩に別れるように告げていたことを、何一つ言わなかった。相談していたら、きっと結果は違っていただろう。そして久郎に会ったときに、実浩は一人で結論を出してしまったのだ。

当時の雅人にしてみれば突然の心変わりだった。実浩が何を考えているのか、まったく理解できなかったことだろう。

ここのところ、雅人が不安を覚えていると感じたのは、実浩のそんな態度のせいでもあったのだ。

「変なことは考えてないよ？　雅人さんと別れる気なんて全然ない」

けれども隠しごとはしている。

本心や事実をごまかそうとして言い訳を口にするから、どこかで矛盾が生じて、破綻してしまうのかもしれない。

それはわかっていたが、雅人の反応を考えると、そうそう本当のことも言えないのが現状だった。悪循環だ。綺麗に元に戻すには、また痛みが必要になってしまうのかもしれない。

「ただ、家のことは、いくら半分でも、分不相応《ぶんふそうおう》っていうか……」

「一緒に作っていきたいんだよ」

「それはわかってるけど」

「今のままじゃ俺一人の家に実浩も住むみたいじゃないか」

「だってそれは、雅人さんが費用を全部負担しようとするから……！」

「金のことは関係ないよ。半分出せば、一緒に建てたことになるわけじゃないだろ？」

また堂々巡りだ。

確かに雅人の言うことはもっともだった。一緒に建てるということは、単に金を出し合うという意味ではない。少なくとも、自分たちの間ではそうだ。

だが金のことが関係ないとも思えなかった。

学生の間は、社会人ではないという理由で家賃も食事代も払わせてくれず、今は収入差があるんだからと言ってやはり受け取ってくれない。

「実浩は金のことなんて考えなくていいから」

そう告げる雅人もたぶん、あまり金のことなど考えたことがないのだ。彼にとって資産は、あるのが当たり前のものなのだろう。だから彼が金を受け取らないことに、大きな意味がないこともわかっていた。

こだわるほどのことではない、細かい話、なのだ。

感覚の違いを、いくつも目の当たりにしてきた。もちろん雅人だって、いろいろなことで感じているだろう。

そういった違いは、ときに小さな溝《みぞ》を生む。いくらお互いに好きでも、すべての感覚がぴたりとあって、何もかも上手くいくなんてことはありえなかった。

だがどんなカップルにでもあることだ。それを埋めていき、あるいは乗り越えていくのが、人と人との付き合いであって、できなければ結局はだめになってしまう。

（大丈夫……）

一度は乗り越えたのだ。だから、大丈夫だと実浩は信じている。

今の仕事が終わったら……。実浩はそう心の中で呟いて、雅人との会話に意識を戻した。

ぼんやりとパソコンの画面を眺めながら、実浩は何度目かの溜め息をついた。

あれから雅人との間に流れる空気は、どうにもぎこちないものになってしまった。

表面上は何ら今までと変わりない生活が続いているが、お互いの中には確かに違和感が残っていて、硬いしこりになってきつつある。

なのに、お互いにそこから故意に目を背《そむ》け、今までと同じように接しているのだ。

（これも本末転倒……かな……）

雅人に余計な心配をかけたくないあまり、だったのに、余計に気持ちを煩《わずら》わせてしまっているのが実情だ。

だからといって今さら公園の件を言ったところで、今の状態は解消されまい。家のことは、また別問題だ。

もう一度溜め息をついたが、それを指摘する人間はもういなかった。

実浩以外の者は、全員もう帰ってしまったのだ。岩井は友人の結婚式だとかで早引きして大阪だし、社長はクライアントとの打ち合わせで、波多も奥さんの用事があるらしい。

最後になることは滅多にないが、それでも初めてということはない。社員になってから、二週間に一度くらいだがこういうことはある。

外はもう真っ暗だった。

「やば……」

実浩はパソコンの電源を落とすと、室内の明かりを消し、鍵を取り出しながらドアを開けた。

開けたドアの向こうに誰かがいるなんて、考えもしなかった。

「っ……」

ぬっと伸びてきた手に、実浩は再び部屋の中へと突き飛ばされた。したたか腕を打って、顔をしかめると同時にドアが閉まる音が聞こえた。

相手の行動は、驚くほど速い。

実浩が状況を飲み込めずにいるうちに、上からのしかかられ、叫ぶより早く口に布きれが押し込められる。

実浩は目を瞠った。

「うー……っ」

声を上げようとしても、それは布に吸い込まれ、くぐもった音にしかならない。

暗くて相手の顔はわからなかった。

頭の中はぐちゃぐちゃで、何かを悠長《ゆうちょう》に考えていられるほどの余裕も冷静さもありはしなかった。

あるのは恐怖心と混乱。

実浩は本能の部分で必死に抵抗をした。

腕の痛みなど忘れ去り、ただがむしゃらにその腕と足をばたつかせる。

相手——間違いなく男だ——は、それを上から押さえつけることにすべての力を使っている。体重をかけて、実浩の自由を奪っているのだ。

死に物狂いの抵抗を続けることに男は舌打ちをしたが、実浩の耳はとてもそれを捉《とら》えられる状態ではなかった。

苛立《いらだ》ちを感じ取ることができなかった。

バシッ、と乾いた音がして、実浩は痛みに驚いた。頭の中がくらくらとして、あれほどしていた抵抗もできなくなる。

右の頬をしたたか打たれたのだ。

誰かに殴《なぐ》られたことなど、今までになかった。雅人はけっして実浩に手を上げないし、ケンカなど経験はないし、極めて「いい子」だった実浩に両親が手を上げたこともなかった。

ぶつりと、ベルトが切られた。

「動かないで。ナイフ当ててるからケガをする」

声はひどく遠くから聞こえてきた。掠れたような囁きは、男の本当の声とは違うはずだ。

ジーンズが切られて、脚から引き抜かれていく。剥き出しになった腿《もも》に、男の汗ばんだ手が触れて、実浩はざわりと鳥肌を立てた。

(嫌だ……)

また脚を撫でられて悲鳴を上げた。だが声はやはり布に吸い込まれていくだけだ。

少しずつ、考える力が戻ってくる。

男が何をしようとしているかなんて、わかりきっていた。

だが犯《おか》すだけが目的なんだろうか。その後で殺されてしまったりしないだろうか。最悪の考えがぐるぐると頭の中を巡った。

この男は公園で追いかけてきた男と同じなのだろうか……？

（手……）

そういえば手が自由になっている。抵抗がやんだせいか、男は押さえつけることをやめて実浩の服を剥《は》ぐことに夢中になっていた。

ボタンを無視してシャツまでもが切り裂かれていく。まるで楽しむように。

やがてパチンと音がして、ナイフをしまったらしいと気がついた。

少し目も慣れてきたが、顔の判別まではできない。相手の身体の輪郭がわかる程度にしか見えないのだ。

口に詰め込まれた布――タオルを外して叫べば隣に聞こえるだろうか？

おそらくこの時間なら仕事をしているはずだが、問題は男が逆上して実浩を刺したりはしないかということだった。

それを思うと、怖くて手が動かない。

そうしている間にも、男は身体中を撫で回してくる。触れられたって、嫌悪以外は何も感じたりしなかった。

ただ気持ち悪くて、怖いだけだ。

実浩が伸ばした手は床を彷徨《さまよ》って、やがて自分のバッグに触れた。中には携帯電話が入っている。あれが外に繋がれば、この現状から逃げられるのだ。

チャンスはきっと少ない。たぶん失敗したら、今度こそ自由を完全に封じられて、次のチャンスを見つけるのはかなり難しくなる。

のしかかっていた男は、すでに足元のほうへと身体を移動していた。

実浩は再び床に手を這《は》わせ、切られて放られていたベルトを摑み出した。ちょうどバックルの部分が中心だ。

男はもう、実浩が抵抗する気をなくしたとでも思っているようだった。

腿の内側を湿った手で押さえて広げられるのにも、実浩は身体を強張らせつつも耐えた。一瞬の反撃のためだと言い聞かせながら。

「っ……」

噛みつくようにして、男が腿にキスをして、もっと奥を指で探ろうとする。

嫌悪と痛みに萎縮《いしゅく》しそうになる自分を奮《ふる》い立たせ、実浩は摑んだベルトをドアのほうへ向けて投げつけた。

金属のドアが、突然に音を立てる。

男がはっと息を飲むのが気配でわかった。

意識の逸れたその瞬間に、実浩は男の身体を思い切り蹴り飛ばし、起き上がりざまにバッグを掴んで事務所の中を走った。

暗いからこそ、今は実浩に有利だった。

何がどこに置いてあるのか、把握《はあく》できているのは実浩だけだ。男は慌てて追おうとしたらしいが、キャスター付の椅子に当たったらしい。

音でそれがわかった。

実浩は会議室に使っている部屋に逃げ込むと、内側から鍵をして、ドアに背を預けた。

口に詰められたタオルを外し、震える手で携帯電話を掴み出したとき、ドアを叩く音が聞こえ、背中にその振動が伝わってきた。

声は発しない。ただ、叩くだけだ。そのうち体当たりでもされてしまったら、こんなドアはあっけなく蝶番《ちょうつがい》が外れてしまうことだろう。

だが救いは外からやって来た。

事務所に電話がかかってきたのだ。

ドアの振動が止まった。

会議室に電話はないから、実浩は出ることができない。だが帰るところだったので、電話は留守番電話のメッセージで対応できるようにしてあった。

『あ、もしもし？　下の階の者ですけど……ちょっと静かにしてくれません？　お願いしますね。あんまり管理人さんとかには言いたくないし。それじゃ、よろしく』

それだけ言って、電話は切れた。

また騒がしくしたら、今度は管理人が来るかもしれない。男はそう判断したのか、それきりドアを叩くことをやめた。

耳を澄ましていると、やがて入り口のドアが閉まる音がした。

(帰った……?)

一瞬だけ緩みそうになった気を引き締めて、実浩は室内の照明をつけた。

ブラインドは下りているから外から見えることはない。ただ自分の姿があからさまになって、惨《みじ》めなだけだった。

安心してはいけない。ドアの音がしたからといって、帰ったとは限らないのだ。まだ男は事務所の中にいるのかもしれない。そして実浩がこの扉を開けて出ていくのを、息を潜《ひそ》めてじっと待っているのかもしれない。

その場に座り込みながら背中でドアを押すようにし、雅人に電話しようとボタンを押した。

だが一瞬のあと、それを切る。

(駄目だ……)

雅人にこんなことを知らせるべきではない。いや、自分のためにこそ言いたくなかった。ぎくしゃくしている関係に、決定的な溝を作ってしまったら……と、不安ばかりが先に立ってしまう。

だが岩井も無理だ。彼は今、大阪にいる。きっと今頃は二次会にでも出て、幸せなカップルを祝福している最中だろう。

絵里加も、いけない。女性をこんなところに呼びつけては駄目《だめ》だ。もし、やって来た絵里加と男が鉢合わせするようなことがあったら、それこそぞっとしない。

だからといって親友を呼ぶこともためらわれた。彼は実浩が同性の恋人を持っているのを承知しているが、同時にかつて実浩に二度も告白してきたのだ。二度目は本気じゃなかったと後で笑っていたが、それが実浩のための言い訳だということくらいわかっていた。

こんなときに呼べなかった。

一目で何があったかわかるようなこの有様《ありさま》で、何も知らない知り合いに救いを求めることには抵抗がある。

だったら残りは一人しかいなかった。

実浩は登録してあるはずの名前を探し、ボタンを押した。雅人に関して、もしものときのために入れただけで、まさか自分が必要とするとは思ってもいなかった番号だった。

『はい、竹中です』

「あ……矢野、です……」

『珍しいですね。嬉しいですが、どうしました?』

いつもより、ほんの少し柔らかいという程度の声だ。なのに、ひどく優しく響いて、不覚にも涙が出そうになる。

自覚していたよりもずっと不安定らしいと、そのときになってようやく知った。

だが震える声を気づかれたくなくて、実浩は深呼吸を繰り返す。結果、無言になってしまったのを訝《いぶか》って、竹中は言った。

『何があったんですか？』

何か、ではなく、何がと彼は聞いてきた。何もなければ電話などしないことくらい、十二分に承知しているのだ。

「今、会社ですか？」

『もう帰るところですが……』

「三十分だけ、都合してくれませんか。お願いしたいことがあるんですけど、でも危ないことかもしれないんです」

『まず、用件をおっしゃってください』

竹中は冷静に返してきた。危ないこと、に関して反応した様子は、少なくとも電話越しにはまったく感じられなかった。

「何でもいいですから、服を上下買って、持ってきてほしいんです。今、事務所にいます。場所はご存じでしたよね」

努《つと》めて淡々《たんたん》と用件を告げた。相手が雅人だったら、もっと動揺を露《あらわ》にして半泣きになっていたかもしれない。

彼の勤め先からならば、そんなに時間はかからないだろう。

『わかりました。二十分で行きます』

竹中は余計な詮索《せんさく》をしようとはしなかった。そのビジネスライクなところが、今はとてもありがたく感じる。

もっとも、これはビジネスではなかったが。

「事務所の近くに来たら、電話してください」

実浩は通話を終えて、ほっと息をついた。

それからの二十分はひどく長く感じた。今まで生きてきた中で、時間の経つのがこんなに遅いと思ったことはないほどだった。

背にした扉の向こうからは、相変わらずことりとも音がしなかった。

やがて静寂を破って鳴り出した携帯電話には、竹中の名前が表示される。実浩は飛びつくようにして回線を繋いだ。

「はい……!」

『今、下にいますよ。事務所の明かりは消えているようなんですが……?』

「部屋は二つあるんです。今はそっちから見えないほうにいます。それで……たぶん、もういないとは思うんですけど、もしかしたらまだ暗いほうの部屋に男がいるかもしれません。ナイフを持ってました。だから……」

『わかりました。今から伺いましょう』

あっさりと告げて、竹中は電話を切った。

それからの時間もまた長く感じた。時間にしたら、ほんの一分程度のはずなのに。

やがて、こつんと扉がごく小さくノックされ、実浩はびくりと竦み上がった。

「竹中です。大丈夫でしたよ」

相変わらずの落ち着いた声音に安堵の息がこぼれる。

今頃になって膝ががくがくと震え出した。

実浩は身体の向きを変えて何とか立ち上がると、ロックを外して扉を十センチほど開けた。

向こうの部屋にはもう明かりがついていた。

隙間から竹中の顔が見える。あれほど苦手で、長い間、実浩にとって誰よりも会いたくなかったはずの男だ。

この男を見て安心するときが来るなんて、思ってもみなかった。

緊張の糸が切れて、膝の力が抜ける。

ドアのほうへと倒れ込んだ身体を、しっかりとした腕が抱きとめてくれた。

「大丈夫ですか……！」

この男の焦った声など、ついぞ聞いたことがなかっただけに、こんな事態にも拘わらず実浩はそれを意外に思いながら彼の顔を見上げた。

心配してくれているのだ。

ひどく不思議な気がした。

「ケガは……」

言いかけて、竹中の手が殴られた頬に触れた。今は痛みを感じないが、少し熱を持っていて、見てわかるほどの痕《あと》でもついているのかもしれない。

「殴られたんですか？　他には？」

「大丈夫です」

「服を持ってきました。選んでいる暇もなかったんですが……」

傍らには、ペーパーバッグが置いてあった。それを拾い上げて、竹中は中に入っていた服を実浩に渡した。

「ありがとうございます……ご迷惑をおかけして、すみません」

「私を思い出してくださって光栄ですよ」

竹中はスーツの上着を脱いで、実浩の肩にそっと羽織らせると、支えていた腕を、様子を見るようにして離していった。

それからくるりと踵《きびす》を返し、服の残骸《ざんがい》を拾い始めた。

実浩は一度、会議室に戻り、渡された服を身に着けた。どこにでもあるような、Tシャツにジーンズ。ジーンズはぶかぶかで、裾も余っているが新品の感触がした。値札はついていなかったが、買ったときに取ってもらったのか、来るまでに外したのかは定かではなかった。

着替え終わる頃には震えも収まっていた。

実浩は投げ捨てたタオルを拾い、大きく深呼吸をしてから、扉を開けて竹中のいる部屋へと出て行った。

ちょうど竹中は、かつて服であったものを拾い集め、服が入っていた紙袋に詰め込んでいるところだった。

まるで自分の粗相《そそう》の始末《しまつ》をしてもらっているような気分だ。いたたまれなくて、竹中を真っ直ぐに見つめられない。

「ここへ来る間も、誰にも会いませんでしたよ」

彼はこちらを見ながら、普段と変わらぬ口調で言った。

「留守電が点滅していますが、よろしいですか?」

「あ……」

実浩は慌てて階下の住人から吹き込まれたメッセージを消去し、それから再び留守番電話の状態にした。

「何か他にすることはありますか?」

「いえ……」

事務所はまったくいつも通りの姿をしていた。暴れて倒したはずの資料も、すっかり綺麗に立てられている。

着替えている間に竹中がやったのだ。

まったくぬかりのない男だった。

「では、行きましょう。お送りしますよ」

とっさに実浩はかぶりを振った。それからまだ少し痛む頬に、無意識に手をやった。たぶん腫《は》れている。触れればそれがはっきりとわかるし、竹中だって気づいたのだ。こんな顔のまま雅人のところへ戻り、ちゃんとした言い訳ができるとは思えなかった。何より今は、彼の前で自分を崩《くず》さないでいられるという自信もない。

やがて竹中の嘆息が聞こえた。

「冷やさないといけませんね。そのタオルはよろしいですか？」

「あ、これは……」

とっさにかぶりを振っていた。これはもともと事務所にあったものではなく、あの男が、実浩の口を塞ぐために用意してきたものだ。

「こちらに入れるべきものですか？」

遠回しに尋ねられるまま実浩は頷いた。

黙って紙袋を示されたので、投げ捨てるような気持ちでタオルをそこへ入れる。もちろん実際には叩きつけたりはしなかった。

実浩は自分で事務所に置いてあるタオルを出してきて、水で濡らした。年賀でもらった社名入りのタオルは使い切れないほどあって、一つや二つなくなったところで、今さら誰が気づくということもない。

ひんやりとした感触が、熱を持った頬に心地よかった。

「落ち着くまで、少し車を走らせましょうか。ここにいるよりはいいでしょう」

「……はい」

今度はすんなりと頷いてしまった。ここにはいたくなかったし、帰りたくもなくて、一人でいるのは不安だった。

相手は苦手なはずの竹中なのに、それでも頷いていた。

何ごともなかったように整えた事務所を出て、無言のままマンションを出た。近くに止まった竹中の車は、五年前とは違う車種だった。

竹中は助手席のドアを開けて、実浩を促した。

シートに身を沈め、バッグを抱きしめる。ようやく頭がまともに動き始めているような気がした。

あれこれと、気がつかなかったことにも意識が留まり始めていた。

どうしてあの男は、無言だったのか。声が出ないというわけでもないのに。

(知ってる人間……?)

少なくとも実浩に声を聞かれたら、わかってしまうと相手は思ったのだろう。そうでなければ、もっと喋っていてもよさそうなものだ。

事務所のほうを仰ぎ見て、隣の会社の明かりが消えていることに気がついた。いないらしい。だから、階下に文句を言われるほどの物音にも、隣は反応してくれなかったというわけだ。

運転席に収まった竹中はすぐに車を出して、マンションから離れていった。

「怖い目に遭われましたね」

ぽつり、と同情的に告げられた言葉に、実浩は思わず竹中を見つめた。

今のは皮肉でも何でもなく、労りの言葉だった。先ほどの様子といい、この男でも実浩を心配してくれるのかと、目を瞠る思いだった。

竹中は誤解しているのかもしれない。

実浩は慌てて口を開いた。

「でも、されたわけじゃ……ないですから。服はあんなことになりましたけど、すぐに逃げたから大丈夫です」

「そうですか……それは不幸中の幸いでしたね」

呟きは安堵の色を含んでいて、実浩の推測が当たっていることを示していた。あの状況を見たら、そう思うのも仕方がないのだ。

実浩はぽつぽつと、何が起きたのかを話していった。今日のことだけではなく、公園での件や、岩井のほうの事件についてもなるべく詳《くわ》しく言ってみる。客観的な竹中が、どういった判断を下すのかが知りたいと思った。

「普段、その岩井さんという方とはどのようにお付き合いなさっているんですか？」

問いかけは唐突だった。

「どのようにって……」

「いえ、つまり、とても親しげにしているのではないか、という意味です。もちろん変な意味ではありませんよ」

何を意図しているのかが見えなくて、実浩は言葉を頭の中で選びながら、注意深く事実を口にしていく。

「気さくな人だし、一番話しやすいし……一緒に帰ったりもしますけど……」

「では他人から見ても仲がよさそうに見えるわけですね？」

「そう思いますけど……スキンシップも好きな人だし」

「なるほど」

竹中は一人で納得して、何度も頷いている。すべてわかった、というような態度だが、実浩には何のことだか理解できない。

不満はそのまま顔に出ていたようだった。

「おそらく岩井さんという方は、君と親しいあまりに妬まれたのではないでしょうか。あるいはもっと極端な話、恋人だと思われたか」

「そんな……俺のとばっちりだって言うんですか？」

「可能性はありますよ」

柔らかい口調ではっきりと言われて、実浩は言葉をなくした。今の今まで、考えもしなかった可能性だった。

「ここから駅までの間に俺たちを見る機会がある人ってことですよね」

「そうでなかったら、まず雅人さんが狙われてもおかしくはないですからね。もっとも、私の推測通りなら、ですが。とにかく、お一人では行動しないようになさってください。事務所には絶対に一人では残りませんように。できれば帰りもタクシーを使ってください」

「はい」

明日は何とか理由を付けて、早めに帰してもらおう。幸い、岩井も午後には出社すると聞いているし、隙を見つけて今日のことを話すつもりだった。

「あやしい人物は調べさせます。何か、気がつかれたことは？」

「たぶん、まったく知らない人じゃないと思うんです」

「そうでしょうね」

竹中も追うように頷いた。掠れた囁き以外は不自然なほど無言だったことは、すでに話してあることだった。

「身の回りで、挙動《きょどう》不審な人物はいませんか？」

「いないと思いますけど」

「では、君に気のあるそぶりを見せる者は？」

この手の質問は苦手で、つい顔をしかめてしまう。だが竹中は揶揄しているわけではないのだと言い聞かせ、溜め息まじりに隣の社長のことを言った。

そういえば、今日は明かりが消えていた。

公園で追いかけられそうになったときも、確か隣は暗くはなかったか……？

「……でも、違うような気がします」

「根拠はありますか？」

「いえ……」

対峙《たいじ》した感覚、というのでは根拠としてあまりにも弱い。だが実浩にとっては確信だった。

「でも、もっと背が高かったような気がするんです。たぶん、竹中さんくらい。それに、隣の社長よりもずっと若い気がします」

あの雰囲気は、確かに記憶のどこかに引っかかっているのだが、どうしても明確な答えは出てこなかった。

喉まで出かかっているのに思い出せないことのように、気持ちが悪くて仕方ない。

「最近、知り合った人の中には？」

「知り合うと言っても……」

とっさに頭に浮かぶのは仕事関係の人間ばかりだ。今年に入ってからに範囲を広げてみても、新たな知り合いはできていない。

「挨拶を交わす程度の関係まで広げてみても、ないですか？」

「あ……」

実浩はとっさに左手の指先を見やった。そこにあった傷はすっかり消えていたが、瞬間的に実浩は、カチリとパズルの最後のピースがはまるような感覚を味わった。

ぞくりと鳥肌が立ち、無意識に腕をさすっていた。

違和感なく、記憶の中の印象とさっきの男が重なった。

「何か、思い出しましたか」

「……名前は知らないんです。あのマンションに住んでいる大学生で、顔はお互いに知ってて、この間、初めてコンビニで話をしました」

実浩はそのときの状況を詳しく説明した。主観的にならないよう、努めて冷静に。

「わかりました。とりあえずどんな人間か調べさせてみましょう。念のために隣の社長も調べましょうね」

「でも……」

正直なところ、気が進まない。

個人のことを調べる、という行為に対して実浩は敏感だ。かつて自分が調べられて、知られたくないことまで知られたせいだった。

「ケガ人が出ているんですよ？」

「……そうですよね」

すでに個人の感情で片づけられる問題ではなくなっているのだ。岩井の一件は紛れもなく傷害事件であり、実浩の件だっていわば暴行未遂だ。

だが言うつもりはなかった。こんなことは恥でしかない。

「あの、雅人さんに言わないでくれませんか」

「ですが……」

「お願いします」

長い沈黙があった。実際はそうでもなかったかもしれないが、実浩にはそう感じた。

やがて小さな嘆息と共に、「わかりました」という言葉が返ってきた。

「秘密を共有するというのも悪くありませんね」

「え……？」

思わず竹中の横顔を見つめたが、言葉は返ってこなかった。今のがどういう意味なのかも、わからずじまいだ。

わざわざ問いかける気にもなれなくて黙っていると、しばらく走った後で、再び竹中のほうから話しかけてきた。

「それで、どうしますか。どこへでもお送りしますよ」

「……」

どうするべきなのか、まだわからないままだった。この服のまま帰れば、雅人が不審《ふしん》に思うのは間違いない。追及されたら、ごまかせない。

言ってしまおうか。だが、上手く説明する自信がない。

「今日はどこかホテルを取って、仕事で事務所に泊まったことにしてはどうですか？　ああ、それとも友達の家のほうがいいかな。事務所だと、かえって心配するかもしれませんし」

不思議なほどにこちらの戸惑いを見抜かれていると思う。敵に回れば怖い男だが、味方だったらとても心強いのだろう。

(味方……？)

いつの間にそんな言葉を竹中に対して使うようになったのか。他に誰も思いつかなかったとはいえ、あんな状況になったときに呼ぶなど、以前だったら考えられないことだったのに。

「どうしますか？」

「……お願いします」

まずは自分の頭を冷やすことが大事だ。動揺を静め、雅人と向かい合うための勇気を奮い立たせなくてはいけない。

逃げるわけじゃなかった。ただ時間が欲しいだけだ。

(言い訳かな……)

自分は五年前よりも臆病になったかもしれないと、実浩はどこか他人ごとのように思う。一度失ったつらさと寂しさを知っているから——たとえそれが自分の選んだことであっても——、二度目を恐れて必要以上に慎重になっているのかもしれない。

いいことだとは、思っていないけれど。

実浩は目を閉じて、小さく溜め息をついた。

そのとき、抱えたバッグの中で携帯電話の着信メロディーが鳴り始めた。相手によって音を分けているからすぐにわかってしまう。

これは雅人だ。

「ここで電話を受けると、車の中だということが知られてしまうかもしれませんよ」

もっともな忠告に、実浩はボタンを押そうとしていた指を止めた。

こんなにすぐに電話が来ることは覚悟していなかった。だからそれらしい言い訳もまだ考えてはいない。

友達の家というのは駄目だ。雅人の待つ家に帰らない理由にはならないからだ。だからといって、このまま電話を無視できるはずもない。

やがて音が鳴りやんだ。

「ああ、いい考えがありますよ。南さんに来てもらってはどうでしょうか」

「絵里加さん……ですか？」

「そうです。実は、いろいろと相談を受けておりましてね。本当は君の電話がなければ、彼女と会っているはずでした」

意外な事実に実浩は目を瞠る。絵里加が竹中と個人的に接触しているなど、想像もしていなかったからだ。

「彼女には事情を話してしまいませんか。二人だけの秘密でなくなるのは残念ですが、君にとってはいいと思いますよ」

言われるまま実浩は頷いていた。

絵里加の名前に、まだわずかに強張っていた身体から力が抜けていった。

「いろいろと、ありがとうございます。本当に助かりました」

「かまいませんよ。言ったでしょう、お役に立てて光栄なんです」

いつものことだが、竹中の口調はとてもくすぐったいと言おうか、相応《ふさわ》しくないのがわかるだけに悪気がないとわかっていてもかなり面映《おもは》ゆい。

「あの、俺に敬語は必要ないと思いますよ？」

「ああ……どうぞお気になさらず。私はね、立場とは関係がなくても、相手が尊敬に値《あたい》すると思えば

敬語を使います」

「でも、竹中さんはすごく年上だし、俺は会社とも関係ないし……」

まして尊敬を受けるような人間でもない。あえて言うまでもないだろうから、そこまでは口にしなかった。

前を向いたまま、竹中は笑みを浮かべる。

「以前は皮肉の意味もありました。それは認めますが、今は違いますよ。渡した手切れ金を君が返してきたと知ったときに、私の中で君の価値が決まったんですよ」

「そんなの……当たり前だから」

「少なくとも私にとっては意外でした。君が敬語を嫌だというならやめますよ。雅人さんの不興《ふきょう》を買いそうですがね」

言われて初めてそのことに気がついた。敬語でなくなったら、雅人は親しげだと思って、また神経を尖らせるかもしれない。

実浩は小さく嘆息して、現状の維持を暗に了承《りょうしょう》した。

「南さんとお会いする前に、必要なものを揃えましょう。この先に、二十四時間営業の店がありますから」

「あ……はい。ありがとうございます……そうだ、この服、いくらでしたか?」

「けっこうですよ」

「いえ、払いますから、言ってください」

実浩の口調があまりにも強かったせいか、少しの間のあと、竹中はすんなりと金額を口にした。

バッグの中から財布を出して信号待ちの間に渡すと、竹中は実浩の恰好をじっと見て、やがて視線を前へと向けた。

車を出しながら、彼は言った。

「もう少しマシなものがあればよかったんですが……。機会があったら、もっときちんとしたものをさしあげますよ」

冗談なのか本気なのかは計り知れなくて、実浩は曖昧に返事をしながら窓の外を見つめた。

ひどく疲れて、身体がシートに沈み込んでしまいそうで、その感覚と戦うのに実浩は何度も溜め息をつかなければならなかった。


結局、実浩が連れて行かれたのは彼女が一人暮らしをしているマンションだった。

電話で竹中が事情を話し、そのまま連れてこられたのだ。竹中は実浩を下ろすと、そのまま走り去ってしまい、実浩は絵里加の部屋に招き入れられた。

よく考えたら女性の一人暮らしだ。一応、男である実浩が一人で上がっていいものかと、さすがに玄関先で躊躇《ちゅうちょ》してしまった。

リビングはラグの上に直接座る形で、実浩には大きなクッションが渡された。一人暮らしの女性の部屋に上がるのは初めてで、少しどきどきしてしまう。

「どうかしたの？」

「あの、本当に、いいのかなぁって」

「気にしないの。実浩くんは私の弟みたいなもんなんだから。剛史だって、君だったらヤキモチやかないと思うわ」

自信を持って言い切られると、何だか心中は複雑だ。実浩が男の恋人を相手に抱かれているから、もしかしたら嫉妬の対象からも外されてしまうのかもしれない。

「今度、かかってきたら私が出るわね。君は絶対喋っちゃだめよ」

そう言って一分も経たないうちに、メロディーが鳴った。

絵里加は実浩の顔を見て大きく頷くと、綺麗な指先でボタンを押した。

「もしもーし？　あ、驚いた？　そう、一緒にいるの。羨ましいでしょ。そうなのよ、剛史がいなくて退屈だったから実浩くんを呼び出して飲んじゃった」

普段と変わらない軽快な口調には、少しも不自然なところがなかった。本当のことじゃないと知っている実浩ですら、そんなことがあったように思えるほどだ。

「それがねぇ、酔い潰しちゃった。うん、今はうちにいるわよ。え、何言ってんのよ。起こしちゃ可《か》哀相《わいそう》じゃない。ダメよ」

絵里加はそれから、「ダメ」を何度か繰り返した。雅人が迎えに来ると言っているのを、止めているのだった。

時間もかかるし、会社へはこちらからのほうが近いし、何よりもせっかく気持ちよさそうに眠っているのを起こしてはいけないと強く主張して、どうやらとうとう雅人を諦めさせたらしい。

言葉の端々からそれがわかった。

「じゃ、そういうことで一晩預かるわよ。仕事頑張ってね」

電話を終えて携帯電話を畳むと、絵里加は大きく息を吐きだした。実浩を見る目は、「どうだ？」と言わんばかりに問いかけてきている。

「本当っぽく聞こえました」

「でしょ？　さて、これでいいわ。じゃあ本当に飲みながら、詳しい話を聞こうじゃないの。竹中さんの説明は端折りすぎよ」

絵里加の呆れたような呟きに、実浩は曖昧な苦笑を見せた。

竹中は淡々と、実浩が事務所で強姦未遂に遭い、今日は雅人と顔を合わせたくないというので、適当な理由をつけて泊めてやってくれと言ったのだ。

間違ってはいないが、あまりにも説明が足りないのは確かだ。

実浩は公園の一件から順を追って、岩井のケガまでを話していった。岩井はケガの原因を、結局は酔って転《ころ》んだと絵里加に説明していて、実浩も口裏を合わせるように言われていたのだった。

さすがに本当のことを知った絵里加は驚いた様子を見せたが、適度な相槌《あいづち》と質問を交えながら話を聞いてくれた。

「それで、私の前の男じゃないかって……？」

「岩井さんは、絵里加さんだったらそれくらいあるんじゃないかって。雅人さんはないって言うんですけど……」

「それは買いかぶりよ。雅人は失礼だし。ま、いいわ。続けて」

いよいよ一番言いたくないことになってしまった。レイプされかけたなんて、やはり誰が相手でも言いたいことではなかった。

だからなるべく感情的にならないように説明していった。絵里加はかつて出入りの営業だったわけだから事務所の間取りも知っている。逃げ込んだ場所にしても何にしても、状況は掴みやすいようだった。

「電話で竹中さんを呼んで、それで事務所を片づけて出てきたんです」

「ふーん……。ねぇ、一つ聞いていい？　どうして竹中さん？　確かかなり苦手だって言ってなかった？」

「他に思い出せなかったんです。絵里加さんは、あそこに来たら危ないと思って……」

「そっか。あ、もう一つ質問。雅人と何かあったの？」

「どうしてですか？」

「機嫌悪かった、っていうか……妙に焦った感じだったから、もちろんあっちがね」

絵里加は空いたグラスに、発泡酒《はっぽうしゅ》を注いだ。話に支障が出ないように、なるべく軽いものをと思ったらしい。

実浩は喉の渇《かわ》きを潤《うるお》すために、冷たい液体を流し込んだ。説明が長くなってしまったので、思っていたよりも喉が渇いていたようだ。

グラスを置いて、溜め息をつく。

気持ちはずっと同じところを回り続けているような気がした。臆病になって、表面ばかりを取り繕って、それを打ち破る勇気もない。

「たぶん、一つ一つは小さなことなんです。家賃を絶対受け取ってくれなかったりとか、家のことも俺に絶対何も払わせようとしなかったりとか……」

「ああ……なるほど」

「雅人さんにとっては、高校生のときと同じみたい」

「五年も経ってるのにね」

絵里加の言葉に実浩は頷いた。

離れていた時間がカウントされていないだけなのか、それともいつまで経ってもこのままなのか、今は判断がつけられない。

だがそれだけならば、まだマシだったのだ。

「それに、お互いに、まだ昔のことを引きずってるんですよね。ちゃんと傷を治さないで、その上に新しいものを重ねちゃった感じ」

「そんなようなこと言ってたわ」

「え？」

「トラウマになってるかもしれないって。実浩くんと別れたこと、かなりきつかったみたいよ。もちろん実浩くんだってそうだろうけど」

絵里加はあえて「別れた」と言った。本当は「捨てられた」と言うのが正しいし、彼女はそれを知っているのに、実浩を傷つけまいとして言葉を選んだのだ。

「あいつ、囲い込もうとするでしょ」

「……」

「自覚はあるみたいよ」

絵里加は立ち上がり、カウンターの向こうのキッチンに入っていった。大きな声を出さなくても、話のできる距離だった。

冷蔵庫を開ける音と、何かを出してくる音。

それを聞きながら、自分たちのぎくしゃくした関係を頭の中でなぞってみる。

「難しいな、って思ってます。言ったらまずいかなと思って黙ってたり、ごまかしたりすると、わかっちゃうみたいですね。俺の考えてることがわからなくなっちゃうみたいで……」

「それはそうよ。だって、実浩くんて中途半端《ちゅうとはんぱ》に嘘が上手いんだもの」

「中途半端……？」

顔を上げると、頷く絵里加の顔が見えた。

彼女はそれから下を向き、何かを切り始める。実浩の問い返しに対する答えは、しばらく返ってこなかった。

やがて彼女は切ったカマンベールチーズとピクルスを皿に盛って、実浩の前へ戻ってきた。

「いっそね、すぐに嘘だってわかるくらい下手だったら、ことは簡単だったかもね。どこから本当なのか、わからなくなっちゃうわけよ」

「……そうですね」

「あいつも、いい年してガキっぽいとこあるからね」

呆れた様子で、しかしながら好意的に絵里加は笑った。幼なじみとか親友というよりは、どこか姉のようだと実浩は思う。

「要するにね、不自由なく育ったご令息だし、その上、厄介《やっかい》なことに芸術家でもあるのよ。自分では普通の人が普通に住む家を造りたいなんて言ってるけど、あいつの才能は、どっちかっていうと違う方向じゃない？」

問われるままに実浩は頷いた。

そして、同じことを、雅人にとても近い人が考えていたことに、どこか安堵した。彼女から見ても、やはり雅人はご令息で芸術家なのだ。

「ま、それにしては、まともな男になったほうだと思うけど。奇行《きこう》に走るわけでもないし、気むずかしいってわけでもないし」

「大部分は大人ですよ?」

「でなきゃ、友達やめてるわ」

そう言って彼女はチーズを口に放り込んだ。

勧められて、実浩も一つ手にとって囓《かじ》ってみる。独特の風味がふわりと口の中に広がった。いいものだとわかるくらいには、雅人にいろいろなところへ連れていってもらい、いいチーズを口にする機会を与えてもらえたと言える。

「……雅人さんは、今まで付き合った人にも、支払いとかはさせなかったのかな……」

「ん? 気になるの?」

「いえ、単純にどうだったのかなって」

「うーん、そうねぇ……たぶん出してたと思うわよ。私だって、雅人と食事したり飲んだりしたとき、財布出したことないもの」

あっさりと絵里加は言った。そこには大きな意味などなかった。

では、実浩がこだわりすぎなんだろうか? 社会人だからとか、一方的だとか思うのは、対等でありたいと強く願いすぎるあまりの、過剰な反応なのかもしれない。

「きっとね、実浩くんは遠慮しすぎてるのよ」

「そうですか……?」

「二人とも、そろそろ前のことをふっ切ったほうがいいと思うんだけど……ま、難しいか」

苦笑しながら絵里加はグラスを摑んだ。当時からすべてを知っている彼女にとっては、もどかしくも仕方がないと思うことなのだ。

しばらく何も言わずにグラスを傾けていたが、やがてふと何かを思いついたように、絵里加が目を輝かせた。

「いい方法がある」

「何ですか?」

「実浩くんが、主導権を取るのよ。雅人を手の上で転がしてあげられるくらいにね」

「無理ですよ」

だいたい想像がつかない。自分のことさえままならないのに、人のことをどうにかできるはずがなかった。

だが絵里加はなおも言う。

「気持ち一つよ。雅人のすることは、『しょうがないな、わがままで』くらいに思って、はいはいって言うこと聞いてあげるの。割と簡単じゃない?」

「はぁ……」

「払いたいなら払わせてあげよう、とか、それくらいに思っておけばいいじゃない。別にあいつ、恩着せがましいことは言わないでしょ？　つまりほら、こんなにしてやってるのに……みたいな感じのことは言わないやつじゃない？」

確かにその通りだった。

雅人は、何かをしてくれたからと言って、それを後になってから蒸し返してきたりはしない。見返りを期待して何かをしたり、感謝を強要してきたりという、理不尽なことは絶対に言わないのだ。したいからする。それだけだった。

（気持ち一つ……か）

それが強く心に残った。

「さーて、まだ時間も早いし、君は酔い潰れたってことになってるんだから、もっといっぱい飲まなきゃね」

「え？」

「いつ寝てもいいように、お客さん用のお布団《ふとん》ここに敷いちゃうから、実浩くんはお風呂入ってきちゃって」

絵里加はがらりと調子を変えて、すでにテーブルを脇へと寄せようとしている。慌てて実浩はそれを手伝った。

バスタオルを渡されて、追い立てるようにしてリビングを出る。

着替えはナイトシャツを渡された。

「明日は、服貸してあげるから」

「いいですよ、これで」

「だってそれじゃ、私の家から帰ったって感じじゃないわよ。悔しいけど、私のジーンズが入っちゃいそうな気がするのよね。その腰」

絵里加は実浩の腰のあたりを指差して、あまり楽しくなさそうに呟いた。

酔っているように見えないだけで、実はかなり酔っているのかもしれない。絡まれないうちに、実浩はそそくさとバスルームへ逃げ込んだ。

その日の朝、雅人からモーニングコールがかかってきた。

すでに起きて食事をしていたときだったので、絵里加は呆れながら電話を取りあげて、過保護だの何だのと文句を言っていた。

昨夜の宣言通り、実浩は絵里加から服を借りてマンションを出た。Tシャツとジーンズだ。彼女の予想通り、ジーンズのサイズは問題がなかった。もっともこれはローライズだからであって、ウエストで留めるタイプだったら無理だったことだろう。たとえ腰回りが小さくても、さすがに女性のウエストとは細さが違うのだ。

身長も実浩のほうが高かったが、彼女はヒールのある靴でいつも履いていたらしいので、長さも問題がなかった。

とてもいつものように……とはいかなかったが、実浩は絵里加の家から出勤して、事務所のドアを開けた。

中は普段と何ら変わりがない。そのようにして出ていったのだから当然だが、やはりこの目で見るまでは安心できなかったのだ。

誰かが来るまでは、とドアには施錠《せじょう》した。

電気ポットに水を入れようとして、留守番電話のランプが点灯していることに気がついた。

一瞬だけ躊躇して、すぐに再生ボタンを押した。ここで確かめておかなかったら、もう機会はないのだ。

録音は一件。だが無言だった。時間はちょうど、実浩が竹中とこの部屋を出ていった頃だ。電話が鳴っていたという記憶はないから、おそらく聞こえないくらい離れたところだったのだろう。

実浩がそれを消去した直後に、不意に電話が鳴り出した。

この時間から電話が来ることは滅多にない。実浩は緊張しながら、そっと受話器を取った。

「はい、湯島設計事務所です」

『……昨日……迎えに来たやつは誰……？』

思わずぎくりと全身が強張った。

くぐもった声に聞き覚えはないが、昨日の男だと言うことははっきりとわかった。受話器を持つ手が小刻みに震えていた。

気持ちとしてはすぐ切りたかったが、頭の隅で、何か情報を得なくては、という冷静な判断が働いていた。

なのに、肝心の言葉が出てこなかった。

聞かなくてはいけないことがたくさんあるのに、喉に声が絡んでしまって、ちっとも音になってくれない。

『あれが本命？』

喋り方が、若い。一概にそれだけでは判断できないだろうが、とても若い感じがした。

相手の年のことを考えたとき、実浩は自分の中に冷静さが多少は戻ってきたのだということを自覚した。

「ど……どういうつもり……？」

『聞いてんのは俺だろ』

声の調子が強くなった。激《げき》しやすいのか、比較的はっきりと感情がこぼれてくる。

「知ってどうする気？」

『答えろよ』

「ただの知り合いだよ。もしかして、先輩を襲ったのも、あんた……？」

『嘘つくな。昨日の男は、あんたの男だろ』

相手は実浩の問いかけなどは頭から無視していた。単に答える気がないのか、耳に入ってさえいないのかはわからなかったけれど。

これでは話にならない。

「違う……！　恋人はあの人じゃない」

『じゃあ、他にいるわけだ？』

「……そうだよ」

答えてから、しまったと後悔したが、撤回《てっかい》したところで相手は聞きやしないだろう。案の定、すぐに食いついてきた。

『やっぱり、いるんだ？　しかも、男なんて……って、否定しなかったよな。てことは、やっぱりあんた、男にやられてる人なんだね』

笑みを含んだ声に、実浩はわけもなく羞恥を覚えた。やはり、と言うことは、つまり相手はもともと実浩が同性を相手にする人間だと認識していたのだ。

どこの誰とも知らない相手に、抱かれる姿を想像されていたのかもしれない。

背筋に悪寒《おかん》が走った。

『最初に見たときから、そうかなって思ってたよ。あんた、変に色っぽいから』

「……最初って、どこかで会った……?」

実浩はなるべくそっと質問した。自分では落ち着いているつもりなのに、声はどうしても震えてしまった。

『あんたのことは、よく見てたよ。最近、前よりよく笑うようになったよね』

この話し方を知っていると思った。

焦点の合わない映像が少しずつクリアになっていくように、実浩の中で漠然としていたイメージが明確な形になっていく。

『近くで見て、すげー綺麗だなって思った。色、白いし、肌とかつるつるだし、まつげ長いしさ。男にしとくのもったいないよね』

「……近く?」

やはり、という考えが頭の中を占めた。今ではもう、相手の顔をはっきりと思い浮かべることさえできる。

『指まで細かったし。俺さ、マジであんたのこと欲しいみたい』

「君……この間、コンビニで絆創膏くれた……」

言葉半《なか》ばで電話は唐突《とうとつ》に切られた。寸前に、息を飲んだような気配がしたのは、けっして気のせいではないだろう。

不通音を聞きながら、実浩は大きく息を吐き出した。

受話器を元に戻し、デスクに手をついて身体の震えを沈めようとしているうちに、ノブがガチャリと回った。

思わず身体が強張った。

だが次の瞬間に、実浩は全身の力を抜くことになった。

「おーい、矢野くーん？」

がんがん、とドアが叩かれた。

岩井の声だったことに実浩は目を瞠り、慌ててドアのロックを外しに行った。ドアを開けると、間違いなく岩井がそこに立っていた。

今日の夕方にならないと顔を見せないはずの男だった。

「どう……したんですか？」

「急遽《きゅうきょ》、帰ってきたんだわ。大阪《おおさか》から直行。そしたら間違えて鍵を荷物と一緒に送っちゃってさ。こりゃ絵里加に言って、開けてもらわないと」

岩井は笑いながら入ってきて、また施錠をした。それからじっと実浩の顔を見つめて、気遣わしげな目をした。

「……絵里加さんから、聞いたんですか？」

「うん。ゆうべ、電話でね」

「いつの間に……」

実浩の知る限り、絵里加が電話している様子はなかったのだ。あるとしたら、風呂に入っているうちか、眠ってしまってからだろう。

「大丈夫か？　顔色悪いぞ？」

「今、電話があって、話してました……」

「電話っ？」

「はい。声はちょっとわかりにくかったんですけど、何となく……あの大学生じゃないかと思ったんです」

「やっぱり！」

岩井は膝を打たんばかりの勢いで叫ぶと、そうじゃないかと思っていた、などと言いながら、自分の席に座った。

根拠はちゃんとあるようだった。

絵里加から事情を聞き、実浩絡みだと納得した後は、あの大学生に疑いを一点に向けていたのだと言う。

「俺を襲ったときの状況を考えても、相手は若いだろうなと思ってさ。あいつは実浩くんを狙ってそうだったしな」

かなり乱暴で、安直《あんちょく》な推測だったが、結果的には当たっていたわけだ。もっとも、まだ確実だと言い切れるほどの証拠もないのだが。

だが電話でのやりとりを説明すると、岩井はますます確信を強めた。

「間違いない。同じマンションだったら、いろいろやりやすいもんな」

「隣は違いますよね」

「あのオヤジには無理だと思うよ。ま、矢野くんに興味があるのは確かだけど、もっと軽い感じだと思うし」

言われてみれば、そんな気もしてきた。だが昨晩、絵里加の家に泊めてもらい、あれこれと考えていたときには、隣の社長を疑ってもみたのだった。公園の一件があったときも、昨晩も、不夜城の明かりが落ちていたせいだったが、今にして思えば大した意味はなかったのだろう。それにもし彼のしわざだったら、わざわざ明かりを落としていくより、そのままにしておくような気がする。そのほうが自然だからだ。

岩井はうんうんと、何度も頷いて言った。

「やっぱり俺の言った通りだったろ？　あの大学生は絶対、矢野くんに気があるって思ってたんだよ。君は否定してくれたけどな」

「だって、ほとんど喋ったこともなかったし、男相手にどうこう思う人がそんなにいるとは思わなかったから……」

「君の場合さ、男だとわかってても、なかなか萎《な》えない見てくれしてるんだよな。裸にして身体見たら、別だろうけど。それに隣は本物だし、あの大学生だってどっちかわかんないだろ。両方いけるクチかもしれないし」

性的嗜好《せいてきしこう》を飲食物のように言わないで欲しいものだったが、文句をつけるほどではないからここは黙っていた。

いずれにしても、岩井の意見が当たっていて、名前もわからないあの大学生が実浩に性的な欲求を覚えていたのは限りなく事実に近いことになったのだ。

嬉しいことではなかったが、相手の姿が見えてきたことは幸いだった。

得体の知れない相手のままより、ずっと気持ちが楽になっている。恐怖心もずいぶんと薄れてきたようだ。

だがわかった以上は、黙っているわけにいかないだろう。何らかの形で決着をつけなくてはいけないし、岩井にケガをさせたことについても、相応の責任を取らせなくてはいけない。彼のしたことは犯罪なのだから。

「警察に言うの、一日だけ待ってもらえませんか？」

「待つ、って……別に、俺に断ることじゃないだろ？」

「でもほら、岩井さんは被害者だから。すみません……俺のことで、こんなことになって……」

言いながら視線は彼の腕に向かっていた。包帯の下には、打撲によってひどく変色した皮膚があることだろう。打撲だけで済んだのは運がよかったのであって、場合によっては骨折したり、最悪の事態になっていた可能性も否定できない。

「矢野くんだって被害者だよ。でもさ、いいの？　ゆうべのこと、有賀さんに知られちゃって」

「今日、俺の口から言うつもりです」

「そっか。ま、噂で耳に入るより、矢野くんから言ったほうがいいのは確かだな」

岩井の同意を得て、実浩は小さく顎を引く。

これが昨晩、実浩が出した結論だった。

仕事の邪魔になるからとか、心配させたくないとか、それは実浩が良かれと思っているだけであって、雅人が望んでいるとは限らない。むしろ雅人に釈然としない、違和感のようなものを覚えさせているのだろう。

絵里加によれば、ここのところ雅人は仕事に関してあまりいい状態ではないらしい。だったらそれは、実浩の気遣いが正しくなかったか無駄だったということだ。

「だから、今日はちょっと早く帰ってもいいですか？」

「おう、任せとけ。何だったら、今すぐでもいいぞ。社長には、俺が上手く言っといてやるからさ。そうだよ、そうしな。早いほうがいいって。どうせ今日は仕事になんないだろうしさ」

一方的に仕事にならないと決めつけて、岩井は早く帰るようにと実浩を急《せ》かした。あんまり強く勧められて、実浩は結局、そのまま事務所を後にすることにした。

ちょうど波多が来たのを幸いに、岩井は実浩の具合がひどく悪いのだと嘘をつき、タクシーに乗せるまで送っていくと言って一緒に出て来てくれた。

そうして本当に、実浩がタクシーで走り去るまで見送ってくれたのだった。


やはりと言おうか、拍子抜けと言おうか、雅人は寝室で横になっていて、ドアを開けた小さな音と覗き込んだ気配《けはい》くらいでは起きる様子を見せなかった。

ここのところ、明け方まで仕事をしていることが多かったから、昨晩もそうだったのだろう。

実浩はそっとドアを閉め、物音を立てないように寝室を離れた。

少しの落胆と、もっとわずかな安堵が、同時に胸の中にあった。

実浩は自分の部屋に戻って、借りた服から自分の服へと着替えを済ませた。

雅人が眠っていたのは幸いかもしれない。切られた服は雅人からもらったものではないし、このまま二度と着ることがなくても、彼が気づくこともあるまい。

そんなことを考えてから、はっと我に返った。

すべてを話すつもりで帰ってきたというのに、無意識に隠すことを考えてしまうなんて、情けなくて自嘲《じちょう》してしまう。

「癖《くせ》になるのかな……」

嘘は怖い。雪の傾斜を転がる雪玉みたいに、最初は小さくても、どんどん大きくなってしまうこともあるし、一度ついたがために、その矛盾《むじゅん》をなくすため、他にも嘘を重ねていかなくてはいけないこともある。

そのうちにきっと、何が本当なのか自分でもわからなくなってしまうのかもしれない。

まして相手が、こちらを信じられなくなっても、それは仕方がないと思う。

実浩はベッドに腰かけて、ぼんやりと窓の外を見つめた。

近くに高い建物はないから、切り取られた空が見えるだけだ。青くて、ときどき白い雲がまじっていて、強い日差しがガラス越しにでもわかった。

動くと、ベッドはきしりとかすかな音を立てた。

これは前のアパートから実浩が持ってきたものだ。もともとそれほど家具を持っていなかったので、このベッドと本棚と机と椅子以外はほとんど引っ越しのときに処分した。クローゼットは作り付けだったし、食器棚はこちらにもっと立派なものがあったので、人に譲《ゆず》ってしまったのだ。

とはいえ、引っ越して来てから、このベッドはほとんど使っていない。肌を合わせるときもそうでないときも、常に雅人のベッドを使っているからだ。

雅人のベッドは二人で眠っても十分な広さがあったし、感覚として、こちらは実浩の私室ではあるが寝室ではないのだった。

「あ……そうだ……」

実浩は携帯電話を取り出して、ボタンを押した。

あの電話のことを竹中に言わなくてはいけない。そして昨晩出した結論についても、告げる必要があると思った。

竹中は仕事中だろうが、メッセージを残しておけばいい。

そう思ったとき、意外にも回線はあっさりと繋がった。

『はい、竹中です』

「あ、おはようございます。ゆうべは、いろいろとありがとうございました」

『いいえ。大丈夫ですか？　今はお仕事中じゃないんですか？』

「岩井さんが帰れって言ってくれて、マンションです。あの、言わなきゃいけないことができて……それで電話したんですけど」

実浩は事務所にかかってきた電話のことを説明していった。特に、あの大学生を思わせる言葉に関しては、なるべく正確に伝えるようにした。

その上で竹中がどう判断するのか、知りたかった。

『私も岩井さんと同意見です』

「そうですか……」

『服はベルトも含めて保管してありますので、おそらく指紋《しもん》も採《と》れるでしょう。ただその場合、ゆうべのことを警察に話さなくてはなりませんが、それでもかまいませんか？』

「はい」

それはもう覚悟を決めたことだった。恥ずかしい話だが、彼をこのままにしておくことはできないし、幸い普通の会社組織の中にいるのとは違い、人の噂に晒《さら》されるとしても、せいぜいが事務所が入っているマンションの住人たちだろう。

「でも、少し待ってください。その前に雅人さんに話そうと思ってるんです」

そのとき、ことりと小さな音がしたことに、実浩はまったく気がついていなかった。自分の声しか、意識していなかったのだ。

『確かに隠してはおけませんからね』

「いろいろなこと隠して、嘘もついてたから……。ちゃんと言おうって決めました。全部言ったら連絡しますから、そうしたらゆうべの服、取りに行きます」

それを持って警察へ行こうと、実浩は心に決めていた。

『こちらからお持ちしますよ』

「いえ、そんな、竹中さんだってお忙しいのに……。そうでなくても、迷惑かけちゃってるし。俺は大丈夫ですから」

押し問答になりそうなのを強引に押し切り、実浩は自分が行くということで落ち着かせて、思いがけず長くなった電話を切った。

音もなくドアが開いたのは、その直後だった。

「雅人さん……」

いつからそこにいたのか、実浩にはまるでわからなかった。ノブを回した音がしなかったということは、少し前から彼は話を聞いていたのだろう。

どこから聞いたのか、つい探るような目で雅人を見つめた。

それが雅人の表情をさらに険しくさせたとは気づくこともなく。

問いかけるより先に、雅人が言った。

「事務所は?」

「あ、一度行ったんだけど、帰してもらって……」

後ろ手にドアを閉めた雅人が、ゆっくりと歩いてくる。服のまま眠ってしまったらしく、身に着けたシャツは皺だらけだ。いつも比較的きちんとした恰好をしているせいか、見慣れないその姿は多少の違和感と同時に、とても官能的に見えた。

まるで知らない男のように思える。

無表情に近い顔をして、雅人は実浩の肩を摑むと、何を言うわけでもなくいきなり口をキスで塞いできた。

「ん、ぅ……」

噛みつくようなくちづけに、息ごと奪われた。

押し倒されて、二人分の重みを受け止めたベッドが小さな音を立てて軋《きし》んだ。

性急なんてものじゃなかった。一方的なキスをしながら、雅人は組み敷いた実浩の身体をまさぐると、穿《は》きかえたばかりのイージーパンツの中に手を忍び込ませて、すぐに最奥に指を入れようとしてきた。

「っ……」

乾いた指がいきなり入るわけがない。

全身が強張り、結果として雅人の指を拒むことになってしまったが、それがさらに征服しようとする男を意固地《いこじ》にさせた。

長い指が、実浩の口の中に差し入れられる。

喋ろうとしても叶わなかった。そのくせ、指で口を犯すようにしている雅人は、冷えた声で実浩に言うのだ。

「竹中と会ってたのか？」

感情を無理に抑えた、そのくせ今にも爆発しそうな声だった。その瞬間に、実浩は雅人が誤解しているのだと気がついた。

かぶりを振ってそうじゃないと告げたことは、実浩の失敗だった。

端整な顔が、自嘲に歪んだ。

「また嘘をつくのか？　自分で、ゆうべって、言ったんだろ？」

「ん、ぁ……ぅ……」

否定の意味すら、行き違ってしまう。説明しようとしても、その口の自由を奪われて、実浩はかぶりを振り続けるしかできない。

やがて口腔《こうこう》を支配していた指がなくなって、乱暴にいじられていた舌は痺れたようにもつれてすぐには上手く動かなかった。

「ぁあっ……！」

代わりに意味のない悲鳴が、声になった。

濡らした指が、無理に最奥をこじ開けたのだ。

痛みと異物感に、実浩の視界が滲んでぼやける。あるいは手荒な扱いに対してのショックのせいかもしれない。

いつもだったら少しずつ慣らすように指が増やされるはずだった。実浩を傷つけないためのそれが、今は別の意味を持っている。

雅人は確かめようとしているのだ。

実浩の身体が、雅人以外の男を受け入れていないかどうか。

果たしてわかるのかどうか、実浩ははっきりとしたことを知らなかった。だが、つまりは疑われているのだろうと理解していた。

三本の指に犯されて、勝手にぽろぽろと涙がこぼれる。

「い……いやぁ……っ……」

わかってもらわなければと思うのに、何を言ったらいいのか、言葉が頭の中できちんとした形になってくれない。

声は悲鳴を紡《つむ》ぎ出すばかりだった。

下着ごとパンツを引き下げられ、下肢《かし》を露にさせられた。

そのとき、雅人が何かに気づいて目を瞠り、ぴくりと指先にまでその衝撃《しょうげき》が伝わった。

束の間、実浩を攻めていた動きが止まる。

荒い息をつきながら実浩は目を開け、恐る恐る雅人を見つめる。切れ長の目は、実浩の脚のあたりを見つめていた。

「誰がつけた……?」

何を言われているのか、とっさに摑めないでいるうちに、実浩の中から指が引き抜かれて、脚を抱え上げられた。

「雅、人……」

「ここ……」

腿の内側に指先が触れる。

実浩は思わず息を飲んでしまった。

そこは昨晩、実浩を襲ったあの男が口を付けた場所だ。噛みつくように歯を立てられて、赤く痕がついていた。

「竹中か？」

「や……ぁ、ああ――っ！」

ろくに慣らされなかった身体が、雅人によって開《ひら》かされる。

一瞬、薄れかけた意識は、突き上げられる衝撃によって、強引に現実へと引き戻された。人形のように力なく身体が揺さぶられる。

実浩の身体を労るとか、快感を与えようなんて、少しも感じられない行為だった。

だからといって雅人が自分の快感を追っているようにも思えない。ひどく不毛なことをしていると、混濁《こんだく》する意識の中で実浩は思う。

こんなふうに扱われたことなんて、今まで一度もなかった。お互いの気持ちが行き違っていたときですら、その上での合意だったし、一方的に奪われるような、こんな暴力的な行為は、されたことがなかったのだ。

「ぁ、あ……っ……」

ひどく空虚な気分だった。誰よりも好きな人をこの身に受け入れているのに、少しも幸せな気分になれない。

まるで、再会したばかりの頃に戻ったみたいだ。

心を置き去りにして、身体が快感を求めていく。あるいは痛みを快感に変えないと、耐えられないとどこかが判断したのかもしれない。

ただの悲鳴は、いつしか嬌声《きょうせい》に変わっていた。

ぎしぎしと、ベッドが悲鳴を上げ続ける。

穿《うが》たれ、突き上げられるたびに、雅人に抱かれ慣れた身体は普段との違いに目を瞑《つぶ》り、実浩を快感の中に追い込んでいく。

ひどく扱われても、こんなに感じてしまうのだ。

はしたなくて淫《みだ》らな、どうしようもない身体なのだと、無言で責められているような気がしてきて、実浩はきゅっと唇を噛みしめた。

相手が雅人だからと思っても、その確証はない。証明することもできなかった。

じわりと新たな涙が滲んできて、鼻の奥がつんと痛くなる。

しゃくり上げる息で声さえも出なくなるまで、そこからさほど時間はかからなかった。

こんなに近くにいるのに、雅人の顔もよく見えない。伸ばした手を拒まないでいてくれるかどうかも、今はわからない。

シーツを摑んでいた指先を伸ばし、雅人の腕を探した。

どうしたらこの気持ちがちゃんと伝わるのかわからなかったから、苦手な言葉より、もっと確実なものを見つけたかった。

やっと触れることのできた腕を辿り、指先を探り当てる。

実浩は雅人と手のひらを合わせて指を絡めて、きつくきつく愛する人の手を握りしめた。雅人は振り払うこともなく、好きにさせている。

もう一方の手も、必死で探して同じようにした。

いつの間にか、実浩を攻めるその動きは止まっていて、問うように雅人は組み敷いた恋人を見下ろしていた。

「……違う、から……信じて……」

二度と裏切ったりはしないと、強く手を握りしめる。

たとえ雅人が実浩のことを嫌いになっても、実浩は雅人のことをずっと好きでいる。その自信と確信だけはあるから。

雅人からの反応はない。

審判を仰ぐ罪人は、きっとこんな気分だろうか。

目を閉じると、溜まっていた涙がこぼれ落ちていく。目尻からこめかみを通り、髪に染みこんでいくのがわかった。

唇に雅人がキスで触れた。

さっきまでの噛みつくようなキスではなくて、宥《なだ》めるような、何かを伝えようとしているような触れ方だった。

唇が離れていくと同時に。実浩はゆっくりと目を開けた。

見つめ下ろしてくる雅人の目は、優しくて、そして痛ましげだった。後悔と苦渋がないまぜになった、ひどくせつない顔をしていた。

「大丈夫だよ……」

言いながら実浩は微笑んだ。

雅人が何かを言いかけて、口を噤んだ。動きかけた唇は、言うべき言葉を見つけられず、視線は苦しげに外されていく。

「雅人さんが怒るの……当たり前だから。俺が、ちゃんと……言わなかったから、誤解……させて、嫌な思いさせて……ごめん……」

「どうして実浩が謝るんだ」

雅人の視線が再び戻ってくる。

きっと彼は今、さっきまでの実浩と同じ気持ちでいる。裁《さば》かれようとしている罪人は、こういう顔をするのだろう。

さっきは実浩が許してもらった。

雅人にも、自分を責めて欲しくはなかった。

「許してくれるのか？」

「最初から、許さないなんて……思ってなかったよ」

「実浩……」

雅人の声を聞きながら、目を閉じて何よりも無防備な自分を晒した。それを怖いとは、少しも思わなかった。

手を繋いだままで、雅人は唇を重ねてきた。

そのままゆっくりと穿たれて、熱が再び実浩の身体を包み込んでいく。放棄しかけた快感の粒を拾い集めるのは簡単だった。

「は……っぁ……」

痛みの代わりに壮絶な快感が神経を麻痺《まひ》させていき、実浩は雅人の手の甲に、無意識に爪を食い込ませていた。

ひどく優しく抱かれて、実浩は快感と、それ以上の幸福感に包まれる。

これは実浩がよく知る雅人だった。

「ぁ、あん……っ、ん……！」

溶け出していく自分さえも心地よく感じる。

不安はなかった。たとえ形をなくして流れ出してしまっても、雅人がしっかりと受け止めてくれるとわかっているから。

たとえ二人で溶け合ってしまったとしても、きっと大丈夫だ。

そうなってもきっと、この手を離したりはしない。

甘く緩やかに追いつめられて、実浩は泣きながら喉を反らした。最後まで雅人と手を繋いだまま、実浩は落ちていく感覚に身を任せた。


すべてを話し終えるのは、けっこうな時間が必要だった。

それだけ隠していたことが多かったのだと、改めて実浩に実感させるほど、いろいろなことを説明しなくてはならなかった。

その間、雅人はほとんど口を挟むことなく、耳を傾けていた。ときおり短い質問を挟んだりはするが、少しも感情的になることはなく、冷静に話を聞いてくれた。

さすがに昨晩のことになると、表情も険しくなったが、それは仕方がないことだろう。自分の恋人が襲われる話を不快に思わないわけがないのだから。

もちろん、未遂だったことはあらかじめ告げておいた。

「この痕は、そのときか?」

雅人の指先が、腿の内側に触れる。

シーツの中だから見えはしなかったけれど、くっきりと残った痕が指の下にはあるのだろう。

実浩のシングルのベッドに二人で入って、実浩は裸のまま雅人の腕に抱かれていた。こうしている限り、狭さは気にならなかった。

「うん。でも他は何ともないよ。顔も腫れてないし」

雅人の手を取って、確かめさせるようにして右の頬に触れさせた。見た目でもわからないはずだし、触れても大丈夫なはずだった。

「こっちを殴られたのか?」

「うん」

「……犯人は左利きか?」

「あ……」

実浩は目を瞠った。確かに言われてみれば、その可能性もあるわけだ。とっさのことだけに、利き手で殴ったことは大いに考えられる。

一つ一つ思い返して確信した。あのとき、事務所に侵入してきた男は、ナイフも左手で持っていたはずだ。そして、コンビニで絆創膏を貼ってくれたとき、あの大学生も左手を使って貼ってくれたのではなかったか。

「やっぱり、そうかも……」

「それで、どうして竹中だったんだ?」

あからさまに声が不機嫌だった。襲ってきた男に対するものとはまた別の意味合いで、かなりの不愉快さが滲み出ている。

「だって岩井さんは東京にいなかったし、絵里加さんは女の人だから、あそこに呼んだら危ないと思って……」

親友を呼ばなかった理由に関しては、わざわざ雅人に説明する必要もないだろうと、あえて言わなかった。

「竹中はお前に気があるって言っただろ？」

「それは……」

「はっきりと本人がそう言ったんだ」

雅人の言葉は、実浩にとって衝撃的だった。どう反応していいのかわからずに、問うように見つめ返すことしかできない。

「どう思っているのか、問いつめたんだ。そのときにこう言った。惹かれている、ってね。抱きたいと思ったこともあるそうだ」

「まさか……」

実浩は思わずかぶりを振った。竹中から、そんな気配を感じたことは一度もない。冗談めかして魅力的だの、秘密がどうのと口走っていたことはあったが、そこから性的な意味での何かを感じたことはなかったのだ。

だが一方で、雅人が嘘をつくはずもないとも思っていた。

「冗談でそんなことを言う男じゃない。俺の恋人じゃなかったら、とっくにお前を手に入れようとしてただろうな。どんな手を使ってでもね」

職務に忠実だから、あくまでそのスタンスを貫いているにすぎないのだと雅人は苦々しく呟いた。

個人的な感情と、仕事上の立場。竹中の心の中でいつその比重が代わってしまうか、それは誰にもわからないからこそ、あれほど雅人は神経を尖らせていたのだ。

「どうしてそれ、言ってくれなかったの？」

「知ったら、意識するだろ？　竹中はまずいんだ」

「意味がわからないよ？」

思いを寄せられるというならば、かつて親友で経験した。それでも実浩の気持ちは動いたりしなかったのだ。

雅人だってわかっているはずなのに。

言外に告げれば、雅人は苦笑してかぶりを振った。

「あいつも実は建築士だって知ってたか？」

「え……竹中さんが？」

「ああ、父の知り合いの息子で、もともとは他の事務所にいたんだ。父の秘書になったのは八年くらい前かな。いくつか竹中の設計した家を見たことがあるよ」

雅人の言い方で、どんな家なのかは漠然とわかってしまう。おそらく雅人の求める形が、そこにはあったのだろう。いくら雅人が世界で認められていても、彼の中にはもっと別の基準があるということなのだ。

羨望《せんぼう》に近い意識だ。だから、実浩に興味を抱く他の人間とは、まったく違う位置に竹中を置いてしまっている。

実浩が雅人の才能ごと彼を愛しているのを知っているからだろうか。

「言ってくれれば……」

とっさに口にしかけて、実浩は苦笑した。言わなきゃいけないことが多かったのは、むしろ実浩のほうだった。

それを察したのか、雅人が笑みをこぼした。

「お互いさまだな」

「……うん」

「俺のことでそんなに気を遣う必要はないんだ。実浩といい状態でいるのが、一番俺のためになるんだから」

もう一度実浩は頷いた。

余計な気を遣いすぎて、かえって上手くいかなくなることもあるし、逆の場合だってあるだろう。

実浩の両親は、たぶん後者だった。

好きだというだけでは、どうにもならない。両方で待ちの姿勢になっていても気持ちは通じ合わないし、ぶつけ合っても理解はできないのだ。

「でも、大丈夫」

自分たちは大丈夫だと、呪文《じゅもん》のように繰り返す。

「だから、もっといろんなこと言うね。雅人さんも、もっと俺のこと知って」

「実浩？」

「俺たち、すごく不安定な土台の上に、家を建てようとしていたのかもしれないよ」

五年前の決着は、たぶん本当の意味ではついていなかったのだ。払拭《ふっしょく》できない記憶と不安を、好きだという気持ちで固めようとしていたのは、きっと正しい方法じゃない。

「雅人さん。俺ね、もう学生じゃないんだよ？　雅人さんに会った頃の高校生と違って、働いてるんだよ」

「……ああ」

「大人として、ちゃんと認めてよ。ちゃちかもしれないけど、俺にだってプライドがあるんだよ」

庇護《ひご》されるだけの存在ではないのだということを、雅人にわかって欲しかった。対等に、なんておこがましいことは思っていないけれど、自分の足で雅人についていきたいし、十分にそれはできると思っている。

やがて雅人は浅く息をついた。

「押しつけがましかったか？」

「そうじゃないよ。助かってるっていうのが大部分だし、偉そうなこと言っても、実際に経済力なんてないし……。それはわかってるんだ。ただ、何もかも雅人さんにしてもらうのは嫌だから」

都合のいいことを言っているという自覚はあった。つまりは払える範囲で、払わせて欲しいということだが、本当だったら、その程度であんなマンションにも、まして今度建てる家にも住めるはずがないのだ。

だが雅人は笑いながら、返事の代わりに額にキスを落とした。それからまぶた、頬へと唇が移って、最後に唇を求められる。

ひとしきり唇を結び合ってから、雅人はそのまま唇を下へとずらしていく。

「雅、人……さ……」

「我慢できない」

言葉の最後のほうは、直接肌に当たっていた。

ぷくりと尖った胸の突起に吸い付かれ、思わず小さく声が上がる。

相変わらず窓枠《まどわく》に切り取られた外は青くて、今は雲一つまじっていない。おそらく日は一番高いところにあるに違いなかった。

こんな時間から、とんでもないことをしている、と思う。まして実浩は早退してきた身で、本当だったら事務所で働いているはずなのだ。

「や……だ、め……っぁ……」

今頃、みんな仕事をしているのに。

そう思っても、身体は愛されることを無視できない。胸を執拗にいじられて、また甘く疼き出してしまう。

「話が、終っ……ら、行かな……きゃ……」

竹中のところへ、まず服を取りに行かねばならないのだ。それから警察で、いろいろと説明をすることになっている。

だが竹中の存在をちらつかせることは、やはりこの場合も逆効果だった。

乱暴でこそないものの、雅人はそれから執拗に——もののたとえではなく、実浩が泣き出すくらいに延々と——感じやすい身体を甘く攻め続け、とうとうその日のうちに竹中のところへ行くことをできなくしてしまったのだ。

図らずも実浩は早退の理由通り、ベッドで寝込むはめになったのだった。

それからしばらくは、落ち着かない日々が続いた。

次の日も仕事を休んだ実浩を残し、雅人は一人で出かけていって、竹中から服の残骸となったものを受け取ってきた。

そこでどんなやりとりがあったのかは知らない。いくら聞いても、雅人は教えてくれなかった。

夜になって、実浩は岩井と待ち合わせて警察署へと出向いた。岩井に会うまではついてきた雅人も、さすがに一緒に行くとは言わず、心配そうではあったが戻っていった。

実浩は緊張といたたまれなさに耐えながら、警察で長い説明をしたのだ。

結局は、竹中や岩井の言った通りだった。

大学生は警察で、すんなりとすべての犯行を認めたそうだ。

「あの大学生、警察で延々と、いかに矢野くんが可愛くて、どれだけ自分が矢野くんを好きかを熱く語ったそうじゃない」

絵里加は半ば感心し、半ば呆れてそう言った。このあたりの話は、スポーツ新聞か何かの情報かもしれない。実浩は直接聞いていないことだった。

食事の席で、絵里加が出す話題はそればかりだったが、ダイニングバーの仕切られた席は、流れている音楽のおかげもあって、よそのグループの話が聞こえることはなさそうだった。一番奥の席で、近くにいたグループがすでに帰ってしまったのも幸いだった。

隣では岩井が、黙ってマナガツオの南蛮漬《なんばんづ》けを口に運んでいる。腕の傷は、もうほとんどよくなっているらしかった。

「やっぱり、どこか変よね」

あの一件は、狙った対象が男だということもあってか、一部のメディアで取りざたされてしまったのである。もちろん実浩の名前は出ていないし、すぐに忘れ去られてしまう記事の一つとして何日も引っぱるようなものではなかったから、とっくに世間的には過去のものにはなっていた。

問題はむしろ実浩の日常生活の中に残っている。事務所の入っているマンション住民に、恰好の話題を提供してしまったから、そのあたりはまだ風化しないでいるのだ。

ひそひそと、こちらを見て話をされるのも、もう慣れたけれど。

「だって、『犯せば自分のものになると思った。嫌がるのは最初だけ』なんて、どうかしてるわ。AVの観過《みす》ぎじゃないの」

「絵里加……」

雅人は溜め息をつき、岩井はどこか諦めたような表情を浮かべていた。そして実浩は何も言えず、小さくなった。

あれ以来、職場での実浩の扱いはあからさまに変わってしまった。

まず隣の社長からのブロックが強固になり、最後まで実浩を残すことをしなくなった。そんなことは気にしなくても大丈夫だと主張しているのだが、いまどき女性に対してだってここまでするまいという待遇になった。

最初だけだと岩井が言うから、時間が経つのを待っているが、何とも据わりが悪いというのが本心である。

「親御《おやご》さんが慌ててマンションを引き払ったそうね」

「らしいですね」

どうやら片が付いたら、ほとぼりが冷めるまで当の大学生は留学という名目で外国へ行くことに決まったらしい。

顔を合わせずに済むのはありがたかった。

「あ、そうそう。報告しなきゃ、って思ってたのよ。おかげさまでね、特に矢野くんのおかげで、こういうことになったわ」

絵里加はさっと左手の甲をこちらに見せてきた。その薬指には、きらきらと光る綺麗な指輪が存在を主張している。

プラチナに、たぶんダイヤモンドだ。

綺麗な笑顔は、勝利の笑みといったところだろう。

「あ……おめでとうございます」

「ありがと。式には呼ぶから、絶対に来てね。といっても、矢野くんは剛史のほうのお客様で、雅人はこっちになるんだけど」

「いいのか？」

雅人が自らを指し示しながら問いかける。

絵里加は今のところ、勤めているトレース会社でも取引先でも、有賀雅人の幼なじみであることは一切言っていないのだ。だが式に出れば、どうしても知られるところとなってしまう。

「別に隠してるわけじゃないもの。言う必要がないから黙ってるだけよ。それに、びっくりさせるのも面白そうじゃない？」

新郎新婦の来賓《らいひん》は、建築関係が多いのだから、有賀一族を知っている人間も、当然のことながら一般の基準よりも高くなる。

確かに面白そうだった。

「どっちみち、来年になっちゃうんだけど」

「そうなのか？」

「俺の祖父が春に亡くなってるんで、喪《も》が明けるまではと思って……。そうしたら絵里加が、式は六月の頭がいいいって言い張るし」

「……六月ねぇ……こだわるな」

梅雨の近い日本で六月の花嫁も何もないだろうと、雅人は味気ないことを言って、絵里加の反感を買っていた。

「うるさいわね、いいじゃない。俺たちの理想の家を建てよう……なんて言ってる男に、とやかく言われたくないわよ」

言い合いが始まるのは珍しくないことなので、実浩はちらりと岩井とアイコンタクトを交わして苦笑すると、何も言わずに料理に箸を付けた。蒸し鶏をフレーク状にしたものに、ゴルゴンゾーラを合わせた料理はなかなか美味だった。

「だいたいそっちはどうなってるのよ、ちゃんと進んでるの？」

「とりあえず」

余裕の笑みを浮かべる雅人に、絵里加はチッと舌を鳴らした。上手くいかなければ心配だし、順調だと腹が立つ……というところなのかもしれない。

どうやらこの分だと、結婚式と家の完成が同時期くらいになりそうである。

こんなところまで仲がいいらしいと、実浩は心密かに感心した。

「まったく、この間まで死にそうな顔してたくせに……」

「そんな顔はしていない」

「矢野くんに捨てられるのが怖くてびくびくしてたくせに」

「うるさい」

口ではしょせん女性には叶わないということらしく、雅人は早々に戦線を離脱すると、視線を実浩に向けてきた。

否定はしないから、たぶん本当のことだったのだろう。

笑いながら、雅人は軽く唇を合わせてきた。もう大丈夫なのだという、無言のメッセージだったらしい。

触れるだけのキスとはいえ、人前ではどうかと思う。

現に絵里加は呆れて、また小さく舌打ちをした。

「どうかしら、この男」

「まぁまぁ」

横で宥める岩井という人間は、おおよそそういった真似をするタイプではないのだ。このカップルはこのカップルで、上手く纏まっているようだった。

「今日は奢りね。婚約祝いと、当てられ料ってことで」

「喜んで」

あっさりと頷く雅人は、隣に座る実浩の手に自分のそれを重ねてくる。これは正面の二人からは見えない位置だった。

大きな手に包まれるのを感じながら、実浩は目を伏せて小さく微笑んだ。

幸福のかたち

六月の最初の土曜日は、ある人物の執念が天に届いたかのように、見事なほどの快晴に恵まれつつもさほど暑くないという絶好の天気だった。

「絵里加《えりか》の高笑いが聞こえてきそうだな」

スーツを身に着けた雅人《まさと》は、タクシーの中で呆れた調子で呟いた。

いつもより少し華《はな》やかなスーツに身を包んだ雅人を、実浩《みひろ》はさっきから少し照れくさそうに見つめている。

マンションを出る前に、さんざん恰好《かっこう》いいだのモデルみたいだのと呟いていたが、そう言う実浩も今日はかなり人目を引くことだろう。

普通のネクタイだと高校生の制服のようになってしまうから嫌だと言うので、クロスタイと明るい色のジャケットでいかにもパーティーといった感じに仕上げた。それが実浩の甘い顔立ちに、とてもよく似合っているのだ。

二十三歳になった今でも、やはり実浩は社会人らしい雰囲気がない。相変わらず大学生に間違えられているようだし、ときには十代と思われることもあると言う。本人としては不満らしいが、それは仕方がないだろうと、雅人は密《ひそ》かに思っている。

綺麗な顔は、童顔というほどではないのだが、若く見えることは確かだった。少年期とほとんど変わらない細い身体も、理由の一端であるかもしれない。

だが人目を引くのは容姿だけが理由ではない。

清廉《せいれん》な雰囲気を纏《まと》っているかと思えば、はっとするほどの色気を感じさせることもあり、そのアンバランスさが強い印象を残すのだ。

庇護《ひご》したい欲求と、征服して奪い尽くしたい欲求を、同じくらいの強さで同時に湧《わ》き起こさせるから厄介《やっかい》だった。

「何？」

きょとんとして問いかけてくる実浩は、自分を見て雅人がそんなことを考えているなんて、露《つゆ》ほどにも思ってはいない。

まして見知らぬ他人が何を思うかなど、まったく意識していないのだ。

それでも多少の自覚はあるらしい。同性に興味を持たれやすいということは、身に染みて理解しているようだ。

「いや、別に。そろそろだな」

「うん。今頃はウェディングドレス着て、ご両親に挨拶してるのかもね」

「そうかもな」

想像がつかないというのが正直なところだが、溺愛《できあい》されている一人娘だから、両親が――特に父親が泣いている姿は容易に思い浮かべることができた。

やがてタクシーは目的の場所の少し手前で止まった。

ここからは、別々に行くことになる。とはいっても、少し離れて歩くというだけで、辿《たど》り着く場所はまったく一緒だ。

式の会場は、イタリアンのレストランだ。絵里加が気に入っている、住宅地にある一軒家風の有名店である。

絵里加たちは、いわゆる人前式《じんぜんしき》というスタイルを選んだ。最初は教会で式を挙げ、ホテルで披露宴《ひろうえん》を……という話もあったのだが、結局は今日のような形に落ち着いた。

そんなわけで、雅人は絵里加サイドの招待客、実浩は岩井《いわい》サイドの招待客として、式に呼ばれているわけである。別々に入ろうと決めたのも、雅人がこの世界で顔と名前を知られてしまっているせいだった。

実浩はいまだに、社長たちに雅人と暮らしていることを打ち明けてはいない。あくまで親戚《しんせき》の家に下宿していることになったままだし、知り合いであることすら黙っている。絵里加と雅人が幼なじみであることも、まだ言ってはいないのだ。

それもこれも、一緒に暮らしている理由が説明できないせいだった。言えば雅人との関係に気づかれるだろうし、彼らが理解を示してくれるという保証もないので、いっさい口を噤《つぐ》んでしまっている状態だ。

実浩が先に立って歩き、少し離れて雅人が歩いた。

住宅街には人通りもさほどなく、実浩の他に招待客が三人ほど店に向かって歩いている姿が見られる他は、誰も道を歩いていなかった。

実浩がドアの向こうに消えて間もなく、雅人もドアをくぐった。

中にはすでにずいぶんと人がいて、席は半分以上が埋《う》まっていた。もともと大人数ではないこともあり、見知った顔はそう多くはなかった。

さりげなく視線を送れば、実浩はぽつんと席に着いている。まだ事務所の社長と先輩社員は姿を見せていないようだった。

まだ出席者が全員揃《そろ》っているわけではないので何とも言えないが、おそらく実浩は客の中でもずば抜けて若いはずだ。

余計に目立ちそうだった。

見ている先で、実浩がぺこりと頭を下げた。その視線を追って初めて、雅人は竹中《たけなか》が現れたことを知った。

(あいつ……何も言わなかったな)

竹中を招待したなど、絵里加は一言も口にしなかった。竹中本人を呼んだのか、それとも長兄の名《みょう》代《だい》なのかは不明だ。

言葉を交わすこともなく、会釈だけで竹中はこちらに歩いてきた。彼らが挨拶し合ったことに気づいたのは、おそらく雅人だけだろう。

「お早いですね」

にっこりと微笑みながらも、それが本心だからとはどうしても思えない。竹中という男は、いつでもそうだった。

あろうことか、竹中の席は雅人の隣だ。四人がけの正方形のテーブルなので、隣といっても微妙な位置関係だったが。

「お前も来るとは知らなかったな」

「いろいろとありましてね。ところで、矢野《やの》くんとは席が離れているんですね」

互いの位置からは、実浩のテーブルがよく見えている。ようやく先輩社員がやって来たらしく、硬《かた》かった表情が笑顔になっていた。

「俺のことは向こうに言ってないんだ」

「そうでしたか」

おそらく知っているだろうに、竹中は初めて聞いたようなことを言う。受け答えている間にも、視線は実浩に向けられていて、その事実が雅人の気分をひどく不快な方向へと引きずっていった。めでたい日に、まったく似つかわしくない。

「まだ実浩に気があるのか？」

「申し訳ありません」

殊勝《しゅしょう》な態度が、上辺《うわべ》だけに過ぎないことはわかっている。この男の忠誠心や尊敬は亡き久郎《ひさお》にのみ向けられていたのであり、今は立場的に遜《へりくだ》っているだけなのだ。それは当然だろう。長兄にしても雅人にしても、まだ竹中を納得させるほどの結果を出したわけではない。

「私はしつこい質《たち》でしてね。雅人さんと同じですよ」

　実浩を見る目は、以前とはあからさまに違っている。単に変わったのか、それとも故意に隠していたのを表に出すようになっただけなのかは定《さだ》かじゃないが、ひどく尊《とうと》いものを見るような色を感じさせるのは確かだった。

　雅人の心が穏やかであるはずがなかった。

　穏やかでないと言えば、実浩の態度もそうだ。気がつけば怯《おび》えることもなく、普通の知り合いと何ら変わりなく竹中と接している。月に一度くらいはあのバーで会ってしまうのだが、そのときも穏やかな空気のまま話しているのだ。

　去年の事件以来だということはわかっているし、悪いことではないはずなのだが、どうにも面白くない。

「あの服は、雅人さんがお選びに？」

「ああ。それが？」

「よくお似合いです。こういう場所で改めて見ても、つくづく可愛らしい方だと思いますよ。大変、魅力的だ」

　恋人が褒められても、少しも嬉しくはない。そんなことは、誰よりも雅人が知っていることだし、竹中の口から実浩への賛辞《さんじ》が綴《つづ》られると気分が悪くなる。もちろんわかっていて、この男は言葉を吐き出しているのだろう。

「そう言えば、服を贈るという約束をまだ果たしていませんでした」

「約束？」

「ええ。去年……あのときですよ、彼に頼まれて服を持っていったんですが、そのときは急いでいたのでサイズも合わせられませんでね」

雅人と話しながらも、竹中の視線はずっと実浩に向けられたままだ。熱心に見ている割には、そこに特別な色は感じられず、たとえ人が視線に気づいたとしても、意味があるとは思わないことだろう。それくらい無機質なのに、語っているのは臆面もない賛辞だったりする。

よくわからない男だ。

「……お前、どこまで本気なんだ？　実浩を見て、おかしなことを考えてるんじゃないだろうな」

「まぁ、否定はできませんね。服を届けたとき、下着から何から切られていた状態でしたし、そのまこの腕に抱きとめもしましたから……。おかしなことも、つい考えたくなりますよ。もう若くはないですが、健全《けんぜん》な男ですのでね」

胸が悪くなりそうだった。ここまで来たら、完全に嫌がらせでもあるに違いない。慇懃《いんぎん》無礼《ぶれい》とはこの男のことを言うのだろうと常々《つねづね》思っていたが、今日こそそれを痛感したことはなかった。

もっとも竹中にしてみれば、自分は邪魔な恋敵《こいがたき》なのだから、男の嫉妬は甘んじて受けてやろうとも思ってはいたが。

「雅人くん」

絵里加の親戚に声をかけられて、意識がそちらに向かう。笑顔を浮かべながら立ち上がり、祝福の言葉を口にした。

それからしばらくは、次々とかけられる言葉に応えていかなければならなくなった。


「有賀《ありが》雅人って、南《みなみ》さん……新婦の幼なじみだって話だよ」

席に戻ってきた社長は、とっておきの情報を摑《つか》んだという顔をして、実浩のほうへと身を乗り出してきた。

今まで彼は、絵里加が勤める会社の連中と話していたのだった。

曖昧に頷く実浩の横では、波多《はた》が感嘆の息を漏らしていた。それから視線はぱっと実浩に向けられた。

「やっぱりさ、後で紹介してもらいなよ」

「え、いえ……」

「かなり親しいらしいよ。新婦の実家って、有賀家の真向かいなんだってさ。矢野くん、彼女ともけっこう話してたじゃん」

何を言われても、引きつった笑顔を浮かべながらの生返事になってしまう。

まさか一緒に暮らしていますとも、ましてや恋人なんですとも言い出せなくて、実浩は先ほどから、話しかけてこいとか紹介してもらえという言葉にかぶりを振り続けていた。

タイミングを見計らって、打ち明けてしまおうかとも思ったのだが、あまりに盛り上がっているのでどうにも言い出せなくなってしまった。

逃げ腰の実浩に、波多はさらに言った。

「ファンです、って、握手《あくしゅ》してもらえば」

「そ、そんな、いいですっ」

「何か御利益《ごりやく》あるかもしれないよ？　憧れの人だろ？」

「それはそうなんですけど……」

早く雅人の話題から離れてくれと思っているのに、さっきから話題はそればかりだ。そもそも雅人の姿を見つけた瞬間は、片や実浩を振り返り、片や袖《そで》をぐいと引っ張って興奮を示したくらいだったのだ。

「いや、しかし実物はさらに男前だね」

「さっきから人が切れないし……まぁ、そうだろうな」

ちらちらと実浩が様子を窺《うかが》った限りでは、確かに雅人のところには絶えず誰かが話しかけに行っているようだった。今のところは建築関係者らしき者ばかりだが、絵里加の友人らしき女性たちが、かなり雅人を気にしているのも見えている。そのうちにタイミングを見つけて話しかけに行きそうな雰囲気だ。

ふと竹中と目が合った。ふと表情が和《やわ》らいだ気がしたが、遠目だから気のせいかもしれない。招待客の中に彼の姿を見つけたときは少し驚いてしまったが、そういえば絵里加は何か相談をしていたらしいいし、個人的に何か付き合いでもあるのだろうと納得した。

しきりに何か言っていた波多は、やがて実浩の腕をつついた。

「矢野くん、ちょっと行ってみるか？」

「ほんとに、いいですから。それよりもっと主役に注目しましょうよ。ほら、花嫁さん、すごく綺麗ですよ？」

実浩は絵里加と岩井のほうへと目を向ける。今は無人の、ひな壇《だん》と呼ばれるはずのところは、特に高くもなっていないテーブルだが、花がこぼれんばかりに飾られていてとても華やかだ。それ以上に華やかなのが主役の一人である絵里加であった。

いつも綺麗で華やかだが、今日は一段と輝いて見える。

先ほど言葉を交わした岩井の大学時代の友人たちも、口を揃えてもったいないくらいの美人だと呟いていた。

何だか実浩まで誇《ほこ》らしげな気分になってくる。

かしこまったスタイルの式ではないので、主役はテーブルを離れ、出席者と言葉を交わすために近づいてきた。

新郎の上司が目の前にいるわけだから、一番先にここへやって来るのは当然だった。

挨拶と祝福の言葉が交わされた後、絵里加たちは社長から順に当たり障《さわ》りのない話をしていった。

それが実浩の番になったとき、急に意外なことを言い出したのだ。

「矢野くん、あとで雅人を紹介してあげるわね」

「え……」

「びっくりしたでしょ」

にっこりと微笑まれて、実浩は呆《ほ》けた返事をするのが精一杯だった。絵里加が何を言い出したのかがとっさに理解できなかった。

隣で岩井までにこにこと笑っている。

「後で紹介してくれるってさ」

無言の問いかけは笑顔に封じられ、そのまま主役は次の来賓《らいひん》に向き直ってしまった。

茫然としているうちに、波多が肘《ひじ》で実浩をつついてきた。

「ほら、やっぱ紹介してくれるって。よかったじゃないか」

「はぁ……」

事態が飲み込めないまま、式と料理のコースはどんどん進んでいった。余興《よきょう》や長い祝辞《しゅくじ》がないので、本当に食事をしながらのお披露目《ひろめ》という感じだ。

料理は絵里加がこだわっただけあって、一皿一皿の完成度が高い。

メインの魚は真鯛《まだい》のグリルで、次の肉は牛の煮込み。メインの皿が下げられていくと、岩井が近づいてくるのが見えた。

「矢野くん」

手の先が、おいでおいでの形で動いている。

「お、いよいよだな」

「行ってきな」

社長と波多に送り出されるまま、実浩は席を立って岩井について行くことになった。テーブルを離れてすぐに、実浩は小さな声で問いかける。

「何ですか、これ」

「ここで明確な接点を作ってしまえ……ってことだな」

「は？」

なおも問い返そうとしたが、それより先に目の前に絵里加が雅人を連れてきてしまった。窓際の、他のどのテーブルからも離れた場所で、実浩はこの場でもっとも注目されている二人と、おそらくその次に話題をさらっているはずの人間と一緒に立つはめになった。

あれは誰だという視線が、実浩に突き刺さってきているような気がしてならない。くらくらしてきそうだった。

だが同時に、妙な高揚感もあった。女性たちの視線が、こちらに向けられている理由に気づいたからだ。

　羨望、あるいは嫉妬と言ってもいいかもしれない。実浩に成り代わりたいという、はっきりとした意志が感じられた。

「というわけで、まずは俺が退散」

　岩井はさっさと離れて行き、次に絵里加がやはり他の人のところへ話に行ってしまった。残されたのは、一緒に暮らしている者同士だ。

　もっとも傍目《はため》にはそう思えないことだろうが。

「何だか……茶番劇《ちゃばんげき》」

「そうだな。でも、ここで『出会った』形を作っておいたほうが、これから先、いろいろと都合がいいだろ？」

「そうかもしれないけど……」

　実浩は溜め息をつきそうになって、慌ててそれを飲み込んだ。憧れの人と対峙《たいじ》している場面で、浮かない態度を取るわけにはいかなかった。

　社長たちが、今こうしている間にもこちらを見ているかもしれないのである。

「意気投合して、親しくなって、今度から一緒に住む……っていうのは？」

「……無理がない？」

「俺が実浩に一目惚れして、口説《くど》いて同棲《どうせい》に持ち込んだ、っていうほうが真実味はありそうかな。そういう噂がいかにも出そうな気がする」

雅人は楽しげに呟いて、笑みさえ浮かべていた。

「俺がこんな見た目だから？」

「こんな……っていうのがどういう意味かは知らないけど、実浩が綺麗なのは確かだな。俺が一目惚れしても不思議じゃないし……まぁ、実際にそうか」

臆面《おくめん》もなく彼は言う。

言葉を交わす前から、雅人は実浩に対して好意を抱いていたのだ。それは話として知っているし、雅人が好きだと言ってくれるおかげで、この顔も身体つきも嫌いにならずに済んでいるが、やはり複雑なものはある。

自分がこの容姿《ようし》ゆえに、余計な勘《かん》ぐりをされやすいこともわかっているからだ。

「まぁ、昔からの知り合いだってことがバレる可能性もあるけどね」

「どうして？」

実浩はきょとんとして雅人を見上げた。

どう考えても、これは憧れの人と話す態度に見えまいと思うのだが、今さらどう振る舞ったらいいのかわからなかった。

「昔、一緒にデザイン展に行ったことがあっただろ？　あのときも実浩のことを見た連中はけっこういるし」

「でも……六年も前のことだよ？」

「こういう顔が好きなんだと言い張れば、通るかもしれないな。それに、あれは俺が女子高校生を連れ歩いてたことになってるし」

雅人はひどく楽しそうにくすくすと笑う。

どんな噂が立とうが、彼はいっさい気にならないようだ。たとえ同性の恋人がいると知られても困らないのだろう。

ふと目をやれば、テーブルにはもうデザートが運ばれている。

いつまでも雅人と立ち話をしているわけにもいくまい。

「二次会は出ないんだろ?」

「そのつもりだったんだけど、社長たちが出ろって。多少人数が増えても大丈夫だからって、幹事《かんじ》の人も言ってくれたから、ちょっとだけ顔出そうと思ってる」

実浩にはそう言っておきながら、当の本人たちはさっさと帰るつもりなのである。仕事仲間が一人くらい出ないと、などともっともらしいことを口にしていたが、実浩だって知り合いがいない場に一人でぽつんと行くのは気が進まないのだ。それを「若いんだから」とか「交友関係を広げるべきだ」などという、何だかよくわからない理屈で押し切られそうになっているのだった。

束の間、雅人は何か考えるような素振りを見せ、それから軽く顎を引いた。

「俺も出ようか」

「え? でも、行く気ないって……」

雅人もまた、二次会に出席するあたりに知り合いは一人もいないのだという。雅人と絵里加は幼なじみとはいえ、幼稚園から大学まで、一度も同じ学校だったことがなく、従って共通の友人もいないのである。

「とりあえず行って、途中で抜け出そう。俺に誘われて、飲みにでも行くことにしようか」

「うん。それじゃ、そろそろ戻るね」

「ああ」

にこやかに、とりあえずは白々しくも頭を下げてみたりしつつ、実浩は席へと戻った。すると待っていたように、社長と波多から言葉が飛んできた。

「どうだった？」

「あんまり緊張してなかったみたいだったけど」

「あ……はい、あの……すごく話しやすくて……。知り合いが誰もいないって言ったら、有賀さんもそうらしくて、一緒に二次会に行くことになりました」

にこにこ笑いながら報告すると、予想に反して社長たちは困惑した様子を見せ始めた。あれほど雅人のことで興奮していたのが嘘のようだった。

やがて社長がぽつりと尋《たず》ねた。

「行くの？」

「え？　あ、はい。行きます……けど」

「そうか。まぁ、気を付けて行ってきなさい。あまり遅くならないようにね」

「はぁ……」

実浩は唖然《あぜん》としつつ社長の顔を見つめた。

どうしていきなり、十代の娘を持つ父親のような態度になってしまったのだろうか。社長はときどき、社員は自分の子供と同じ、などと口走ってはいるし、実際に職場はアットホームだが、突然のこれは解《げ》せなかった。

やがてお開きになったあと、挨拶をして別れようとした社長と波多が少し難しい顔をしながら、諭《さと》すように話し始めた。

「邪推《じゃすい》かもしれないけどね、何というか、こう……下心っていうのかな、そういう気配をちらちらと感じたんでさ」

「はぁ……」

「いや、ほんとに。いくら憧れの人だからって、あんまり無防備になったり、言いなりになったりしちゃダメだぞ？」

「そうそう。君はほら、そういったことも頭に入れておかないとね」

しかつめらしい顔で、とくとくと注意事項が告げられる。去年のあの一件は、彼らの中に大きな衝撃と共に刻み込まれているようだった。

「わかりました」

大きく頷いてから、視界の隅に入ってきた雅人に気づいてそちらに目をやると、小さな嘆息が重なって聞こえてきた。

どうやら無意識に嬉しそうな顔をしていたらしいと、ずいぶんと遅れて気がついた。

さらに何か言われるかと思っていたが、実際には諦めたような顔で送り出されてしまった。注意をしても無駄だと思われてしまったのかもしれない。

外はもう暗く、気温も落ちて上着も気にならないほどに涼しかった。

二次会の会場は、歩いて十分ほどのダイニングバーだという。

人の波を避けるようにして、雅人は住宅街の中を歩いていく。たいていの人たちは、大通りを選んでいた。

「社長たちに、忠告された……」

ぽつりと、何の前置きもなく呟くと、雅人は隣で小さく笑った。

「俺に気を付けろって？」

「よくわかったね」

「露骨《ろこつ》にそういう気配を出したから、他にもそう思った連中はいただろうな。このまま二次会に出なくても、ああやっぱり……って思われるだけじゃないか」

一体どんな気配なのか見当もつかなかった。実浩の目には特に変わったところはないように思えたし、普段と何ら変わりなく話をしていたのだ。

「話しながら、この服をどうやって脱がそうかって、ずっと考えてたから」

「嘘……」

「ほんと」

端整な横顔は笑っているが、どこまで本気で冗談なのかはわからなかった。ただ間違いなく、彼の機嫌がいいことは確かだ。

「……何か、楽しそう」

「実浩は俺のものだって宣言してる気分だったからな」

気持ちがいいのだと雅人は笑う。

それは一部分、理解できる気がした。あのとき、女性たちの羨望の視線を受けながら、雅人を独り占めしていたときは、確かに同じ気持ちがしたものだった。しかしながら、やはり雅人がそれを感じるのはどうだろうとも思う。

実浩に好意を抱いたり、性的欲求を感じたりする同性がいるのは確かだし、今さらその事実を否定しようとは思わないが、女性が雅人を見て好意を抱く数に比べたら圧倒的に少ないはずなのだ。だから優越感は、きっと実浩のほうが強いだろう。

「やっぱり二人でどっか行っちゃおうか」

本日の主役たちには悪いけれど、夜道を歩いているうちにふとそんな気になって、実浩は雅人を見上げた。

街灯《がいとう》の明かりに照らされる彼の顔が、わずかに笑みの色を浮かべた。

「実は、俺もそう思ってた」

「じゃあ、決まり」

とは言うものの、無断で帰ってしまうのはやはり気が引けたので、二人は店まで行って、一応の断りを入れることにした。

店の外で待つ実浩と、二人分の出席を断る雅人という絵は、予想通り、一部でずいぶんと臆測を交えた噂を生むことになったのだった。

「おはようございます」

出勤してきた波多に笑顔を向けて挨拶すると、彼は頷きながらおざりな挨拶を口にして、つかつかと実浩に近づいてきた。

他のことに気を取られているのは間違いなかった。

昨日から岩井は五泊七日の新婚旅行で、つまり今週いっぱいは三人の職場なのだ。

「矢野くん」

「は、はい……」

「二次会、出なかったってほんと？」

波多の表情は真剣だった。

「あ、はい。どうして知ってるんですか？」

「ちょっと小耳に……。それで、有賀雅人と一緒に？」

「そうです」

あのあと、雅人が連れて行ってくれたのは歩いてもそう遠くないホテルのバーだった。いつもよりグラスを重ねてしまった実浩は、実のところ途中から記憶があやふやである。

早々に泊まることは決めて、バーへ行く前に部屋も取っておいたのだが、記憶が飛んでいるのは不覚だった。目を覚ましたときには朝になっていて、雅人の腕の中だったのだ。もちろん何もできなかったと雅人は笑っていた。

「いや、俺たちもね、あれから飲みに行ってさ。うん……割と遅くまで、社長とね」

波多はずいぶんと言葉を濁《にご》していた。目は背けがちで、最初の勢いはどこへやら、すっかりしどろもどろである。

実浩は手を止めたまま、きょとんとして彼を見つめ返す。

「あの界隈《かいわい》に、社長の知ってる店があってさ。そこへ、アサギの社長が来たわけよ。といっても、もともと浅木《あさぎ》社長に紹介してもらった店だから、まぁ当然といえば当然なんだけど」

「ああ……」

アサギというのは絵里加が勤めているトレース会社である。実浩は営業である絵里加くらいしか知らなかったが、式を挙げた店から近いとなれば、顔を合わせたところで不思議はないだろう。

何が問題なのだろうかと思いかけたところで、波多は続けた。

「で、別の店で飲んできてから、こっちに来たらしくてさ。それが、どうも近くのホテルのバーだったみたいで」

「あ……」

話がようやく見えてきた。と同時に、焦《あせ》りが背中のあたりを走り抜けていく感触がして、実浩は思わず視線を泳がせた。

「やっぱ、そうなの？」

「そう……って？」

下手なことは言えないから、どうしても探るような言い方になった。波多たちは、その客から何かを聞いたのだろうが、具体的なことはわからないのだ。

「つまり、その……バーで、有賀雅人が連れの子を酔い潰してた……みたいなことを言ってたんだよ。もちろんあの日の式で、君の顔も覚えてて。うちの社長がかなり気にしちゃってさ」

「別に潰されたわけじゃ……」

言い訳を口にしながらも、無理があるだろうと思っていた。記憶がないくらいに酔っていたということは、実浩の場合、傍目《はため》にもわかるほどふらふらしていたはずだ。

ましてあのまま泊まったのである。

「ルームキー持ってたって言うんだけど……」

「あ、あの、でも心配するようなことは何もなかったですからっ！」

これは真実なので、実浩は断言した。見られたことを下手に否定する気はないが、なかったことを想像されるのも遠慮したかった。もっともあの夜に何もなかっただけで、さんざん人の想像するようなことは今までにあったのだけれど。

「泊まったんだ……？」

「気がついたら朝だったんです」

「矢野くん……」

波多は頭を抱えんばかりにして、大きな溜め息をついた。

「ダメじゃないか、ちゃんと気を付けなきゃ。いや、わかるけどね。ずっと憧れてた相手と飲めるってなったら、嬉しくてピッチ上がっちゃうかもしれないけどさ。カクテル？」

「はい？」

いきなり質問されて、実浩はきょとんとした。

「飲んだのって、カクテルだったんじゃないの？」

「そうですけど」

「ああ、やっぱり。ああいうのはさ、注意しないと」

さんざん説教まじりの忠告をされているうちに、普段よりもずっと早く社長が出勤してきて、今度は社長から長々と同じような注意を受けるはめになった。

どうやら実浩は、世間知らずで警戒心が薄いと思われてしまったらしい。

そして、「何もなかった」という主張は、完全に信じられてはいないようだった。実浩の言葉が疑われているのではなく、記憶に疑問を持たれているのだ。

ここに岩井がいれば助けてくれたのだろうが、あいにくと今週いっぱいはそれも望めない。

「新婚旅行から帰ってきたら、南さん……じゃない、岩井の奥さんにちょっと言ってもらったほうがいいかもしれないね」

「そんな、いいですよ。大丈夫です」

「しかしね……」

「本当に、平気です。ご心配かけてすみません。でも、ちゃんと自分の責任でお付き合いしていきますから大丈夫です」

暗に口出しは無用だと言ってしまってから、実浩はバツの悪い思いで視線を下げた。口調こそ柔らかかったが、今のはあからさまな拒絶だった。

慌ててぺこりと頭を下げて、かかってきた電話を取った。

社長に取り次ぎながら、どうやって彼らに説明しようか、実浩はそればかりを考えていた。


結局のところ、諦めに近い理解を示してくれたのは、社長たちのほうだった。

実浩の様子から、どうやら言うだけ無駄と思ったようだ。あるいは隠しきれない恋愛感情を感じ取ったのかもしれない。

その証拠に、彼らの態度は途端に曖昧なものになった。具体的なことは何も言わなくなり、代わりに「慎重に」だの「ちゃんと見極めて」だの言い始めた。触れてはいけない部分には触れまいとしているらしい。

社長たちは雅人の身元や経歴、そして過去の実績には文句のつけようがないのだ。まして実浩が前から雅人の「ファン」なのは知っているし、社員の結婚相手の幼なじみでもある。何よりも肝心の実浩が、あからさまな好意を寄せているのがわかっているだけに、近づくなとも、個人的に付き合うなとも言えないのである。

　だからといって、同性相手の恋愛の可能性をすんなり認められるはずもない。いくら去年の事件や隣の社長のおかげで、そういった話に免疫《めんえき》があるとはいえ、一方的に好意や執着を向けられるのと、実浩自身が誰かに感情を抱くのとでは違うだろうから。

　これをどうやって納得してもらおうかと考えているうちに、外は真っ暗になってしまった。岩井がいない分、少し遅くなるかもしれないとは雅人に言っておいた。もっとも、ずいぶん前からいなくなるのはわかっていたので、仕事の調整はできていた。

　八時を過ぎ、そろそろ帰ろうかという話になっていたとき、実浩の携帯を鳴らしたのは他でもない雅人だった。

　液晶に表示された名前を見て、一瞬、躊躇したものの、社長に断ってボタンを押した。今までは携帯電話に雅人の名前は登録していなかった実浩だったが、式の日以来、堂々とフルネームでの登録に変えている。

　何だかそんな些細なことも嬉しかった。

「はい、もしもし？」

『矢野くん？』

　雅人の声が、以前のように姓を呼んできた。意味のないことをするはずもないから、これは他の人間に聞こえてしまったときのことを考えての言動《げんどう》だろう。

「あ……はい。あの、どうしたんですか？」

『近くまで来てるんだ。帰りに食事をしないか？　迎えに行くよ』

「は、はい。ええと、もうちょっとで帰るところで……」

『わかった』

ぷつりと電話が切れ、実浩は半ば呆然としながら携帯電話を見つめていた。迎えにというからには、おそらくまた下で待っていてくれるのだろうが、それにしても雅人のほうも堂々と電話をしてくるようになったものである。

今までは遠慮して、急な用事でもない限りはかけてこなかったのに。

気がつけば、波多の視線が問いかけるように向けられていた。

「着信メロディー、変えた？」

「いえ……あ、グループ分けしてあるんです」

雅人は他の人とは違う曲にしてあるので、波多にとっては聞き慣れない音だったのだろう。しかしながら彼が問いたいのは着信メロディーのことではないはずだった。本当は相手が誰かを尋ねたがっているのだ。

わかっていながら、実浩は曖昧に話をごまかそうとした。

だから事務所の呼び鈴が鳴ったとき、まさかの思いと共にぴたりと固まってしまった。

実浩は当たり前のように下で待っているものと考えていたが、それは確かめたことではなく、勝手な思い込みだ。

反応したのは、実浩ではなく波多だった。近くにいたこともあったが、それ以上に素速い動きで彼はドアスコープを覗き込む。

「有賀雅人だ……」

そして半ば呆然と呟きながら実浩を振り返った。

「あ、あの、今の電話で約束をして……っ」

「波多くん、とにかく開けて」

社長の声に、波多がロックを外してドアを開けた。果たして間違いなく、そこには雅人の姿があった。

今日は渋めのスーツで、さながらエリートサラリーマンといった風情《ふぜい》だ。華やかさが抑えられていて、二割増くらいに真面目そうに見えた。

「有賀雅人と申します。どうも、突然にお邪魔して申し訳ありません。近くまで来たものですから、矢野くんを食事に誘ったところなんです」

「は、はぁ……どうもこちらこそ」

よくわからない挨拶を返し、波多は雅人をじっと見ている。

「先日は、きちんとお話もできませんでしたね」

「あ、どうぞ」

どうやらすぐに出て行くという雰囲気でもない。

雅人は挨拶をした後、社長たちと雑談を始めた。最初は岩井と絵里加の話で、少しずつ仕事の話に移っていった。実浩から見ても惚れ惚れするような好青年ぶりで、誠実さが滲《にじ》み出てくるような態度だ。この世界では文句のつけようのないサラブレッドなのに、そういった特別である部分を少しも見せず、鼻につくおごりもまったく感じさせないところは相変わらずだった。

その間に実浩はコーヒーを入れた。仕事はすっかり中断してしまったが、社長たちがそれを気にしているふうもない。

雅人が事務所にいたのは、ほんの十数分といったところだったけれども、短いその時間の中でも、社長たちの心を摑むには十分だったようだ。

その証拠に、波多はこっそりと実浩に囁いた。

「思ったより気さくで感じがいいんだね」

狙いはこれかと、遅まきながら気がついた。

笑顔に送り出されるようにして二人で事務所を後にして、近くに止めてあった車に乗り込んでから、実浩は大きく息を吐いた。

「驚いた……」

「可愛い社員に手を出そうとする男、だからな。印象を良くしておかないと、これからがやりにくくなる」

「二人とも、すっかり懐柔《かいじゅう》されちゃってたよ」

「これで三ヵ月後には、誰と住むか言えるかな」

運転をしながら、雅人はさらりとそんなことを言った。あまりにもさりげなかったので聞き逃しかけてしまったが、すんでのところで実浩は踏みとどまった。

「い、言うの？」

「そのほうがいいだろ？　三ヵ月の間に、一緒に暮らす仲になったことにすればいい」

雅人は簡単に言うが、実浩にとっては抵抗のあることだった。要するに、カミングアウトと一緒なのである。

確かに言ってしまったほうが楽といえば楽だし、遠からず雅人との関係には気づかれてしまうだろうけれど。

「……一緒に住むって言ったら、それ以上のことは聞かれないような気もする」

「だったらいいじゃないか」

「うん……」

ある意味で理想的な展開ではあるだろう。

計算しているのだとすれば、なかなかどうして雅人もあなどれない。

「週末、あっちに行けるか？」

「うん」

目的語がなくても、取り違えることはなかった。今の自分たちにとって、「あっち」と言えば、新しい家のことだ。

本当ならば、とっくに完成して引っ越しも住んでいるはずだったのだが、自分たちできることは自分たちでするということになって、当然のことながら予定よりも遅くなっているのだった。もちろん家としてすでに住める状態にはなっていた。

実浩はウィークデイをマンションで、そして週末を家のほうで過ごしているし、雅人はウィークデイの昼間も、週の半分くらいは新しい家で過ごしている。将来的にはオフィスにする予定のアトリエにいたほうが、調子がいいのだそうだ。

ずいぶんとゆっくり計画は進んでいるが、それでも夏が終わる頃には引っ越しも済みそうだった。

平和な昼休みに一石を投じてくれたのは、おそらく計画犯である岩井だった。

式のあった日から、つまり実浩と雅人が出会ったということになっている日から、二ヵ月ほどが経っていた。

「最近、週末は有賀さんと面白いデートしてるんだってな」

突然そんなことを言われ、実浩は飲んでいたペットボトルのお茶で噎《む》せてしまった。気管に入ったお茶に苦しんでごほごほと咳をしている間にも、社長と波多の注目はこちらに向かっていた。

やがて実浩が訴える目を向けると、岩井は悪びれたふうもなく続きを口にした。

「いや、絵里加から聞いたんだけどさ。有賀さんが建ててる家の内装とか、細かい作業、手伝ってるんだって？」

「……はい」

新しい事実に、当然のことながら他の二人も食いついてきた。

「家って何のこと？　有賀くん、自宅建ててんの？」

「そうです。二子多摩《ニコタマ》のほうで、もうすぐ完成しそうなんです」

「矢野くん、手伝ってんだ？」

「大したことはできないんですけど、手伝いっていうか。いろいろと勉強にもなるし、けっこう楽しいですよ」

それは本心だった。もともと夢を具現《ぐげん》したような家だから、それを自分の手で完成に近づけていく作業は、どんなことでも楽しいのだ。

だが手をかけ始めると際限《さいげん》がないと知ったのも確かだった。だから雅人は三ヵ月前に期限を切って、マンションを引き払ってしまおうと決めたのである。住みながらでもやれることはあるし、どうせ気が済むまで手をかけたら、永遠に終わらないだろうからと。

「どんな家？　もちろん有賀くんの設計だろ？」

社長たちは興味津々《きょうみしんしん》だった。

それはそうだろう。有賀久郎の後継者として認識されている雅人が、自分の家を——つまりは個人の家を設計したとなれば、それがどんなものか知りたくなるのは当然だった。

だがこれに関して、実浩は嘘をつかなければならないから、曖昧に肯定をして、さらりと話を流してしまう。

「ちょっと見は天井が高めの平屋なんですよ。中は、屋根裏があったりして、実は二階で。小さな中庭があるんです」

「へぇ、中庭ってことは、家ってでかいの？」

「中庭って言っても、六畳分くらいで、真ん中に木を植えて、それ以外の部分はウッドデッキなんです。それを手伝ったりしてたんですよ」

実浩の話を聞く二人は真剣な面持ちだった。

「中庭に面した壁は？」

「ガラスです。玄関とリビングと、アトリエとダイニングが庭に面してます。調光ガラスにして、透明にしたり不透明にしたりできて」

リビングは吹き抜けで、アトリエの上になる部分には寝室がある。バスルームも二階だ。どちらからも、もちろん庭の木が見えるように作った。

家の玄関とは別にアトリエの入り口を設けたのは雅人のこだわりだ。仕事の関係者は、プライベートに立ち入らせたくないらしい。

「木材はヒノキで、壁はしっくいなんです」

「コストかかってんねぇ」

「妥協《だきょう》したくなかったみたいで。今、すごくいい木の香りがしますよ。あ、ウッドデッキの部分はスギなんですけど」

「十分だよ、それ。いやー、しかしいい経験させてもらってるねぇ。それ、自分からやるって言ったの?」

問いかけに実浩が大きく頷くと、社長は満足そうに顎《あご》を手でさすりながら、うんうんと何度も頷いていた。

「今度、写真撮って来てよ」

「あ、はい」

それからも延々と質問は続いた。リビングの広さや階段の付け方、天井の様子など、興味は尽きないようだった。

実浩だって話に聞いているだけならば、同じように質問責めにしたことだろう。

答えていくのは苦にならなかった。いちいち感心してくれるのは、まるで自分のことのように――実際、原型となった模型を作ったのは実浩だから、嬉しくて仕方がなかった。

一通りの質問と答えが出て落ち着いた頃、タイミングを計っていたように岩井が口を開いた。

「ほとんどできてて、もう住める状態なんだろ？」

「あ、はい」

「もう半分住んでるって聞いたよ。矢野くんも、泊まったりしてるの？」

わざわざ避けていた話題を、岩井は遠慮なく持ち出してきた。どうやら絵里加を通じて、雅人から指示でもあったらしい。

マンションを引き払うまであと一ヵ月を切ったので、打ち明けるお膳立てをしてくれたのだろうが、それならそれであらかじめ教えておいてほしいところだ。

実浩は躊躇《ためら》いがちに、小さく頷いた。

「それは……まぁ……」

「ふーん。で、どうすんの？　有賀さんに、一緒に住もうって言われてるんだろ？」

今度こそ実浩は固まった。意図はわかっているが、そうストレートに来るとは思っていなくて、すぐに反応ができない。

そして今度は、社長たちも困惑していた。

「矢野くん？」

「あ……ええと、その……たぶん行くことになるかなと……」

「……そんなに進んでたんだ……」

波多は茫然として呟き、社長はまだ言葉を失ったままだった。

幸いにしてあまり深く突っ込まれることもなく、うやむやのうちに雅人との同居と関係は、漠然とした形で認識されるに至った。

実浩にとっては、もっとも理想的な形だと言えた。

知らないところで、社長と波多が岩井に向かってあれこれと懸念《けねん》や質問をぶつけることになるのだが、それは当の本人には知らされないまま終わることになる。

とにかく実浩としては、やっと肩の荷物を下ろせたような気持ちで、少しばかり驚かされはしたものの、岩井や絵里加、そして雅人に心の中でそっと感謝をした。

一緒に住むと言って気が楽になったせいもあってか、実浩は社長たちに言った次の日から週のほとんどを新しい家で過ごすようになった。

職場にはマンションよりも家のほうが近いので、便利だという理由も大きいだろう。

もともと少しずつ荷物を運び込み、生活の拠点をこちらに移していたので、マンションのクローゼットはほとんどが空いており、逆にこちらの収納はにぎやかになっていたところだった。

マンションに残っているのは、おそらく処分するようなものばかりだ。

雅人は寝室の窓を開け、気持ちのいい風を受けながら、ベッドで眠る実浩を見つめ下ろした。

そろそろ昼も近いことだし、起こしたほうがいいだろうとは思うが、あまりにも気持ちよさそうに眠っているので、そこから引きずり出すのが忍《しの》びなくなってくる。

なかなか目を覚まさない理由が自分にあるのはわかっているので、雅人も積極的に起こす気になれないのだ。

週末はたいていこうだ。金曜の夜から土曜の夜にかけては、特にタガが外れてしまって、実浩の身体に負担をかけてしまう。この家に移ってきてからさらに濃密な時間を過ごすようになったと感じるのも気のせいではないだろう。

二人だけの空間。自分たちだけの世界なのだという感覚が、お互いの中に無意識のうちにあって、それが身体を重ね合う行為の中にも表れるのかもしれない。

寝顔は相変わらず、あどけないと言ってもおかしくないほど幼く見えた。これは高校生だったときからほとんど変わらない。

相変わらず細い身体も、思わず触れたくなるような、綺麗でなめらかな肌も同じだ。

だが確実に、あのころの実浩とは違う。昔は、ただ雅人に憧れ、その延長にすぎない恋をして、与えられるものを必死で受け止めようとしていたと思う。今の実浩は、広い許容の中で雅人を受け止め、そして与えようともしている。

恋愛をしていると実感したのは、再会してもう一度やり直してからだった。

雅人はベッドに腰かけて、実浩に手を伸ばした。

髪に触れると、長いまつげの先が震えて、それからゆっくりとまぶしそうに目を開けた。

「雅人さん……」

「おはよう」

「今、何時？」

口調は普段よりもずっとゆっくりで、少し舌っ足らずだ。両手をついて、のろのろと上半身を起こし、ぺたりとシーツの上に座り込む。

「十一時半」

答えれば小さく頷くが、まだぼうっとしていて、動き出す気配もなかった。

乱れたシーツに、力なく座り込む華奢な身体。白い肌には愛撫《あいぶ》の痕《あと》が色濃く残り、視線はどこか遠くを見ている。

とても他人には見せられない姿だ。

見たがる男は、思いつく限りで何人もいるのだが。

雅人は実浩にキスをして、意識を自分に向けさせる。触れるだけでもその効果はてきめんで、ようやく焦点の合った目がじっと雅人を見つめてきた。

「だるい……」

「そうだろうな」

訴えてはいるものの、文句というわけでもなければ拗《す》ねているわけでもない。発する言葉にまだ意味はないのだろう。

「……シャワー浴びる」

聞き取れるか否かという程度の小さな声で呟いて、実浩はすんなりと伸びた脚を伸ばして立ち上がろうとした。

だが、かくんと折れた膝は身体を支えることを放棄し、雅人はとっさに実浩を抱きとめる。

膝の裏に手を入れて掬《すく》い上げて横抱きにすると、首に細い腕がしがみついてきた。

隣接したバスルームからは、中庭の木とリビングが見えている。ガラスを不透明にすることもできるが、今はいいだろう。

「一人で大丈夫か？」

「平気。さっきはちょっと、油断しただけだし」

「その割にはおとなしく抱かれてきたな」

笑いながら言えば、実浩も同じように笑って見せた。

「楽しようと思ったんだよ。だるいのは本当だし」

軽口を叩き合えるようになった、ただそれだけの当たり前のことが、こんなにも胸の中を満たしてくれる。

もう一度軽くキスをして、雅人はバスルームを出た。

緩やかな階段を下り、リビングに来たところでバスルームを見上げた。シャワーを浴びる実浩の、ほっそりとした身体の線が見えている。

もともと庭の木を見るための設計だったのだが、口の悪い連中がこれを見て何を言い出すかは想像にかたくない。

この家を見たいと言ってくれる人たちは多く、実浩も嬉しいとは言っていたが、多少の抵抗があるのも事実らしい。

たとえばたった一つしかない寝室だとか、一つしかない大きなベッドだとか。あまりに露骨で恥ずかしいと言うのだ。雅人は気にならないのだが、やはりそこは抱かれているほうの人間の羞恥心というやつかもしれない。

新しくしたソファーに座って見上げれば、すでに実浩の姿は見えなくなっていた。

ブランチの用意でもしようかと思った矢先に、インターホンが鳴った。宅配便の声に出て行けば、大きいが平たい箱を抱えて若いドライバーが立っていた。

伝票に判を押そうとして、宛先が自分でないことに気がついた。念のためにと持っていた矢野姓の判を押しながら、見るとはなしに差出人の名前を見て知らず眉根が寄った。

愛想良く帰っていくドライバーには関係のないことで、彼が出て行くと同時に、ドアのロックが外界からの干渉を拒絶するようにかかる。

リビングに戻ると、実浩がバスローブだけを身に着けた姿で、そっと様子を窺うように階段の上からこちらを見ていた。

「お客さんじゃなかったんだ？」

「ああ」

手にした荷物を見て宅配便だということがわかったらしく、ほっとした様子を見せながら階段を下りてきた。手すりに摑まっているのは、足取りに自信がないせいだろう。

雅人はソファーの上に箱を放り出して、溜め息をついた。

「実浩宛だ」

「え……？　誰から？」

「竹中」

「何で？」

ぽつりと呟いた言葉は本心からのようだった。送られてきたことも意外なら、送ってきた荷も見当がつかない、といったふうに。

近寄って手に取り、伝票を見て、またぽつりと呟いた。

「衣類？」

きょとんとして、指先が開けようかどうしようかと迷う形で止まっていた。ちらちらと雅人に視線を送るのは、こちらの不機嫌に気づいているからだ。

結局は独り言のように「開けてみよう」などと呟いてから、包みを破いて箱を開けた。

果たして書き記《しる》してあったように、中からはブランドものの服が出てきた。

秋物のカットソーに、ストレッチ素材のパンツ。プレゼント用にラッピングもされていて、カードも入っていた。

「何だって？」

「以前、約束したもの……って、何かしたっけ……？」

思い出せないらしく、実浩は首をかしげる。約束、と言われてもなお思い出せなくて、自然と難しい顔になっていた。

どうやら竹中が式のときに言っていた「約束」とやらは、その程度のことだったらしい。少なくとも実浩は覚えていないのだ。大方、話のついでに服でも……などと言い、実浩はさらりと受け流してしまったのだろう。要するに記憶に引っかかるほどのことではなかったのだ。

その事実が雅人の胸をすいてくれた。

「どうしよう、覚えてない……」

実浩は困惑した様子で、救いを求めるように雅人を見つめた。他の男に服を買ってもらう約束をしたと思われたくはないらしい。

焦った様子に、また少し気分が浮上した。

実浩は送られてきた服に目を戻し、半ば茫然とそれを見つめている。

似合いそうな色と形だ。横から手を出してパンツのサイズを確かめたが、どうやらぴったりのものらしい。

不思議そうな顔をしているから、教えたわけではないのだろう。

だが考えて見れば当然だ。実浩が襲われた日に、切られた服を持ち帰ったのは竹中だし、彼はその腕に実浩を抱きもした。

それを考えると、嫌な気分がまたふつふつと湧き上がってくる。

「約束って、何だろ？」

「そんなに考え込むことでもないだろ」

「でも、気になるし……。もらうにしても返すにしても、理由を聞かないとどうにもできないよ。電話して聞いてみようかな」

寝室に向かおうとする実浩の手を、雅人はとっさに摑んで引き止めていた。

振り返った顔は、困惑に彩られていた。

「だって、このままってわけにはいかないよ」

「実浩から電話させようとして、わざわざ謎かけみたいなことをしたんじゃないか？」

ただ送られてきただけならばこんなに実浩は戸惑わなかっただろう。あえて「約束」の文字を出したことが無意味だとは思えなかった。

あれはそういう男だ。

「でも、電話だけだよ。実際に会うわけじゃないんだし……」

実浩は苦笑しながら、ふっと溜め息をついた。

「俺は、竹中に関してだけは、自分でも驚くくらいに狭量《きょうりょう》で嫉妬深いんだ」

摑んだままの手を引き寄せて、勢いに負けて飛び込んできた身体を腕に抱く。抗議の言葉は唇で遮《さえぎ》り、リビングに敷いたラグの上に実浩を横たえた。

シャワーを浴びたばかりの肌は暖かく、ボディーソープとシャンプーの香りがふわりと鼻腔《びこう》を刺激してくる。

「やっ……だ、め……」

もがいて抵抗するのは本気じゃないとわかっている。今日は何も予定がなく、何をしてどう過ごそうとも支障を来《きた》すわけでもなかった。

いつもの土曜日だ。この家のあちこちで、時間も場所も考えず、肌を合わせて身体を繋ぎ、快楽を貪り合うばかりの一日。今日もそうだというだけのことだった。

バスローブのひもを解き、前を開いて薄く色づく胸元に唇を寄せた。

ちゅく、と音をさせて吸えば、びくりと小さく身体が跳ね上がり、抵抗も次第にあるかなきかになっていく。

実浩を従順《じゅうじゅん》にさせるすべは誰よりも知っていた。

「ん……っぁ、ん……」

さらりとした肌に手を滑《すべ》らせながら、敏感なところを舌先でつついて甘い声を上げさせる。

せつなげに伸ばされる手が柔らかなラグの上を彷徨《さまよ》い、感じるたびに爪先を強く立てた。オフホワイトのラグは十分な厚さがあり、実浩の背中をバスローブと一緒に受け止めている。

交互に胸を愛撫しながら、しなやかな身体を柔らかく撫で回した。

そうしてまた指先で、いじられるほどに感じやすくなっていく胸の粒をきゅっとつまみ上げた。

「いやぁ……っ」

泣きそうな声と、実際に潤《うる》み始めた瞳に、雅人はますます煽《あお》られた。

歯を立て、あるいは舌先を絡めて、執拗に甘く攻め立ててやると、実浩はいやいやをするように何度もかぶりを振った。

意味のない行為だということくらい、わかっていた。

口の中に含んだまま強く吸い、反対側を指で押し潰すようにして刺激を与える。実浩が雅人の下で、感じるままに悶《もだ》える様がひどく愛おしい。

「も……そこ、いい……からっ……」

愛され、溶かされていくことを覚えた身体は、奥底から疼《うず》いてしまってもどかしいのだろう。実浩が自らに伸ばそうとした手を摑んで止めると、まるで傷ついたような顔をして、泣きそうになってかぶりを振った。

「俺がしてやるから」

手をそっと離して、ほっそりとした腿を広げさせる。その間に身体を入れ、期待にわななくそこへとゆっくり顔を寄せていった。

手を添えて、舌先でなぞるように舐め上げる。

「ぁあっ……！」

がくん、と綺麗に喉が反って、悲鳴に近い嬌声《きょうせい》が聞こえた。

明るく広いリビングに、実浩の甘い喘ぎ声が響く。

しなやかな身体を余すことなく雅人の目に晒し、快楽にのたうつ姿は、淫《みだ》らで扇情的《せんじょうてき》で、そして美しかった。

身の内を焦がす熱を一度解放してやり、うつぶせにさせて腰を上げさせる。

ラグを敷いてあるとは言え、その下は木の床だ。こちらのほうが身体も痛くなかろうと思ってのことだった。

隠されていた一番奥に舌を這わせ、堅く窄《すぼ》まったそこを潤していく。

「ん、ぁ……う、ん……っ」

抵抗こそしないが、実浩がこれをあまり歓迎していないのは知っていた。自分ですら見たことのない場所を恋人に舐められることに、いまだに慣れることがないらしい。

されている間、羞恥と快楽とにまみれて泣き続けるのかと思うと、雅人の中の悪い部分が頭をもたげて、つい必要以上に舌を使いたくなってしまう。

あまやかな喘ぎ声に、濡れたいやらしい音がまじっていた。その音もまた、実浩の羞恥心を嬲《なぶ》っているのだろう。

過ぎるほどにそこを潤してから、雅人は指先で後ろを探った。

「は……んんっ……」

何度も何度も、雅人の指を、そして雅人自身を受け入れてきた場所だ。雅人にだけ、許されている場所だった。

指で後ろをいじりながら、綺麗な背中にキスをする。

出し入れする指の動きに合わせて、細腰が官能的に揺れていた。

「もう、いい？」

「う、ん……っ、きて……」

「じゃあ、おいで」

雅人はシャツだけ脱ぎ捨てて、ラグの上にあぐらをかいた。

その前で、実浩は這い蹲《つくば》るようにその綺麗な顔を寄せ、雅人のものを口に含んで濡らし始める。つたないけれど、それは実際の刺激以上に雅人を煽り立てた。

やがて十分に濡らしてから、実浩は膝の上にまたがってきた。

「ん……っ」

少しずつ雅人のものを含んだ腰が下ろされていく。まるで飲み込むように、雅人自身が心地よい感触に包まれていった。

両手で腰を摑んで一気に引き下ろす。

「ぁうっ……」

仰け反る背中を抱きしめて、顎の先にキスをした。

あとはもう、理性をかなぐり捨てて、甘い身体を貪るように抱き、実浩と一緒に快感の波に溺《おぼ》れていった。


日が傾きかけた頃、アトリエからリビングに戻った雅人は、寝室で横になっているはずの実浩がそろりと階段を下りてきたのを見て、思わずじっと彼を見つめた。

外へでも行く気なのか、服を身に着けていた。

「どうした？」

「あ、今携帯に電話があって、竹中さんが家《うち》に寄るって。用事があって、近くまで来てるんだって。雅人さんに話があるから……って言ってたよ」

だから慌てて服を身に着けたというわけか。

実浩はだるそうにしながらも、来客のためにコーヒーの用意を始めている。まったく何の疑いも抱いてはいないようだが、おそらく用事があって近くに来たというのは嘘だろう。

だいたい雅人に話があると言っているくせに、家の電話ではなく実浩の携帯電話にかけてくることからしておかしい。もっともらしい説明をしたのだろうが、実浩ならば断らないと踏んでのことに違いなかった。

そもそも服が着いたその日に、たまたま近くにいる……というあたりが、計画的であることを如実《にょじつ》に物語っているではないか。

実浩はときおりだるそうに息を吐きながら、キッチンに入っていった。

雅人にしてみれば、竹中はまさに招かざる客だったが、追い返すほど大人げない真似ができるはずもない。ただし、歓迎しない態度を隠す気もなかった。

「実浩」

キッチンに立つ実浩を背中から抱きしめて、首筋に唇を落とした。

「な、何……やっ……何やって……！」

強く吸い上げると、色の白い肌には面白いように痕が残る。うろたえる実浩を強く抱きしめて、後ろから耳を軽く噛んだ。

ぴくりと、細い身体が腕の中で小さく震えた。

「変なことしないでよ……？」

「どうかな。竹中が客だから保証はできないよ。今晩は、嫉妬で何をするかわからないな」

笑いながら、耳に声を当てれば、実浩は首を竦《すく》めて身を捩《よじ》った。びくびくしているのは、過去の経験がさせるものだ。何しろバーで竹中に会った後や、電話で話をした後などは、普段よりもずっと泣かされてきたのだから。

嫉妬に目がくらみ、我を忘れて乱暴に当たるようなことは、さすがにあれ以来一度もしていなかった。実浩が本当に嫌がり、傷つくことだけは絶対にすまいと誓っているし、そのあたりの境界線が見えなくなるほど冷静さを失ったりもしていない。

その程度には成長できたはずだし、余裕も生まれている。

いつの間にか、実浩に背を向けられる自分をイメージしなくなっていた。知らない間に、あの頃の呪縛からは解き放たれていたらしい。

おそらく実浩もそうだ。負い目を抱えて接していた頃と今では、たとえば視線一つを取ってみても違う。

「用意できないんだけど」

「しなくていい」

「雅人さん、大人げないよ？」

「そうだよ。知らなかった？」

開き直って肯定すれば、少し呆れたような、そして諦めたような嘆息が聞こえてきた。

「……知ってた」

雅人はインターホンが鳴るまで、そうやって実浩を抱きしめていたし、それを実浩は振り払ったりしなかった。

来客を告げる電子的な音は、今はこの上もなく無粋《ぶすい》なものだった。

このまま、無視してやろうかとさえ思う。

だが雅人は呼びかけに応じて実浩を離し、モニターで来客を確認した。また宅配便のたぐいならいいと思ったのに、残念ながら竹中だ。

休日だというのにスーツ姿で、手には何のつもりか鉢植えの胡蝶蘭《こちょうらん》があった。

雅人は渋々と玄関へと向かい、もう一度ドアスコープで相手を確認してから扉を開けた。

「こんにちは。突然、申し訳ありません」

「初めての客がお前とは思わなかった」

「それは光栄ですね。雅人さんの家には、いろいろな方々が興味を示していますからね。もちろん私もその一人です」

社交辞令なのか本心なのかはわかったものではなかった。だが興味があるというのは本当だろう。

建築士として見てやろうという意識があったとしても不思議ではないし、実浩と住んでいる場所に対する特別な意識であるかもしれない。

とにかく、雅人は気が進まないながらも竹中を家に上げた。

「ああ、これはささやかですが、引っ越しのお祝いです。リビングに合いそうですね」

竹中はぐるりと中を見回し、中庭に面したガラスのあたりへと目を留めた。確かに花を置くには絶好の場所だし、絵にもなるだろう。

ソファーを勧めると、間もなく実浩がキッチンからトレーを持って現れた。

足取りが少しばかり不安定なのを見て、雅人はすかさず手助けに立ち、カップの三つ乗ったトレーを引き取った。

安堵の表情を見せながら雅人の隣に座った実浩は、竹中に向かってぺこりと頭を下げた。

「お休みのところを申し訳なかったですね」

「いえ。竹中さんこそ、今日は何かお仕事だったんですか？」

スーツを見て、そう判断したのだ。竹中の服装は確かに仕事に行くようなもので、たとえば結婚式のような晴れやかな席に出る恰好ではなかった。普段着がスーツというわけもないだろうから、やはりそれなりにこの恰好をする用事があったということだ。

用事などない、と決めつけていたのは、邪推だったのだろうか。

「そんなところです。ところで、新しい家の住み心地はどうですか？」

「おかげさまでいいですよ。ね？」

当然のように同意を求めてきたので、思わず雅人は目を細めて笑った。実浩は口に出す以上に、自分たちの家に自信があり、そして愛着があるらしい。

竹中がそれをどんな思いで見ているのかはわからなかった。

「あ、そうだ……。さっき言おうとしたら電話が終わっちゃって、言えなかったんですけど……。あの、ありがとうございました。服……」

「届きましたか。サイズは問題がないと思うんですが」

「それは大丈夫なんですけど……あの、すみません、約束って書いてあったんですけど、どうしても何のことかわからないんです。本当にすみません」

おずおずと切り出し、だが途中からははっきりと実浩は言った。考えても、いまだに思い当たることはないらしい。

竹中がどう反応するかと、じっと見ていたが、彼は特に気にしたふうもなく、見慣れない笑みを浮かべて返してきた。

「ああ、私が勝手にしたことですから、覚えていなくて当然ですよ。どうしても気になるのでしたら、あとで雅人さんにお聞きなさい。彼はわかっているはずですから」

さらりと一石を投じてくれた男は、すました顔をしてコーヒーを飲んだ。

後で実浩に「どうして黙ってたんだ」と責められるのは必至だった。もしかしたら、竹中のささやかな意趣返《いしゅがえ》しかもしれない。

「とにかく受け取ってください。それくらいはいいでしょう」

最初の言葉は実浩に、そして後の言葉は雅人に向けられていた。

竹中は視線と共に、あることを雄弁に語りかけている。実浩にはわからないように、だが無視できないほどはっきりと。

すなわち、「まさか、こんなことも認めないほど狭量ではあるまいな」と言いたいらしい。

多少の違いはあるだろうが、だいたいそんな意味合いだろう。

挑発とも挑戦とも取れるような視線だった。

何も言わないことがこの場合は肯定になる。少し答えを待っていた実浩は、やがてそう判断して竹中に向き直り、もう一度礼を口にした。

愉快なことではなかったが、これで竹中のプレゼントを完全に受け取ってしまったのだ。

「この鉢植えは引越祝いですよ」

「ありがとうございます。綺麗ですね」

「矢野くんのイメージに近いと思うんですが、雅人さんはどう思われますか」

「……へぇ」

雅人は思わず白い花を見つめた。

清楚《せいそ》で華やかで、そして美しい花だ。どこか可憐《かれん》な印象もある。

昔、まだ実浩と出会って間もない頃、雅人はやはり実浩のイメージを花にたとえて絵里加に伝えたことがあった。

あのとき、店のテーブルに飾ってあったのは、真っ白なガーベラだった。

高校生だった実浩は、今よりももっと可愛らしい印象が強かったのだ。

「そうかもな……」

今は確かにガーベラという感じではないが、だからといって胡蝶蘭という印象も雅人は持っていなかった。

まぁ、人それぞれというやつだろう。竹中にとって、実浩はそうなのだ。

当の本人は困ったように視線を泳がせている。落ち着かないのは、隣にいる雅人の機嫌があまり良くないせいでもあった。

「あ、ええと……確か今日はお話があるって……」

話を逸らそうとしているのは明らかだったが、竹中はすんなりとそれに乗ってきた。

あるいは待っていたのかもしれなかった。

「ええ、そうなんです。ご報告を、と思いましてね」

「報告?」

「実は、社長のご自宅へ伺って参りましてね。以前からお約束はいただいていたんですが、個人的なことでお話がありまして」

「兄貴と?」

雅人は訝《いぶか》りながらそう呟いた。

スーツを着ている理由についてはわかったが、休日に約束を取り付けてまで、長兄と話をする理由がわからなかった。

疑問はそのまま顔と態度に表れ、竹中はそれを受けてさらに言った。

「実はこのたび、『有賀』を辞めようと思いまして」

「何だって……?」

雅人も実浩も唖然とし、竹中の「報告」に互いに顔を見合わせた。

考えもしないことだったが、言われてみれば納得がいった。竹中はもともと久郎という人間に惚れ込んで入社し、忠義を尽くしてきたわけだから、その久郎亡き今、有賀に留まる理由もなくなったということなのだ。

「辞めるつもりはなかったんですが、他にやってみたいことができたものですから」

「何をやるつもりなんだ?」

「会社の運営です。デベロッパーですから、まったく畑違いというわけではないんですが、まぁ秘書からの転職ですからね」

難しそうなことを口では言いながらも、そこには自信が見え隠れしている。失敗する気など、この男にはないのだろう。

「あ、あの……会社を興《おこ》すんですか？」

「いえいえ。就任《しゅうにん》するだけですよ」

「それって、ヘッドハンティング……」

実浩の言う通りだが、しかしながら秘書から社長に、というのはいささか冒険が過ぎやしないだろうか。

引き抜くからには、飾りではなく手腕を期待されているはずだ。

一体、どこの誰が……。

ふいに頭の中がパッと明るくなった。雅人の中にあるデータの一つに、急にスポットライトが当ったような感覚だ。

答えがたった一つだけ、いきなり見えた。

「絵里加の親父《おやじ》さんか」

「そうです」

だから式に呼ばれていたのだ。昨日今日に出た話ではないだろう。あの頃からもう、水面下でアプローチはあったわけである。

だとすれば、式への出席は承諾《しょうだく》への意思表示だったとも受け取れる。

「『有賀』と仕事をすることはまずないと思いますが、矢野くんとはありそうですね」

「そうなんですか？　ええと、あの……よろしくお願いします」

「こちらこそ」

竹中の態度に、雅人は嫌な予感を覚えた。

わざわざ休日に家にまで押しかけてきたのだから、ただの退社の報告だけで済むはずがないのだ。考えてみれば当然のことだった。

そして予感は的中した。

「ま、就任は今すぐではありませんがね。来年の春からになるでしょう」

「そうですか……」

「ですから、本格的な参戦も春からです」

「参戦？」

意味を掴みかねて、実浩はきょとんと首をかしげた。

雅人には、わかってしまった。

最悪だ。

「『有賀』の社員でなくなったら、遠慮なく口説かせてもらいますよ。雅人さんに気兼《きが》ねをする必要もありませんしね」

不敵に告げる竹中の視線は、まっすぐに実浩へと向けられている。

さすがに実浩もびくりと震え、雅人に身を寄せるようにして少し後ろへ下がってきた。本気の色を感じ取ったのだ。

雅人は実浩を抱き寄せたが、人前にも拘わらず実浩からは抵抗も文句も出なかった。それどころか実浩のほうから、ぎゅっと服を摑んできた。

「勝てると思うなよ」

「やってみなければ、わかりませんよ」

竹中の言葉に、実浩は即座にかぶりを振って、否定の仕草をして見せる。

実浩としても、余計な波風は立てて欲しくないのだった。まして竹中が実浩にちょっかいをかけようものならば、雅人がどんな嫉妬をするかわかったものではない。

怯えているのは、来年の春よりも、今晩の我が身を思ってのことか。

それから間もなく竹中は帰って行き、後には困惑しきった実浩と、苦虫を嚙み潰したような顔の雅人が残される。

玄関で客を送り出した直後に、少し後ろにいた実浩がいきなり背中に抱きついてきた。

「大丈夫だから」

けっして大きくはない声が、背中に直接響いて聞こえた。

「ああ、わかってる」

身体の前でしっかりと組まれた手に、雅人は自分の手を重ねて握りしめた。二度とこの手を離さないことを、すでに二人は決めたのだ。

鼓動《こどう》が重なる。

それと同じように、これからの人生も重ねていくことも決めている。

「もう、誰にも邪魔はさせない」

「うん……できないよ」

実浩の答えを背中で聞きながら、雅人はゆっくりと目を閉じた。

あとがき

どうもこんにちは、きたざわ尋子と申します。

これは、実浩と雅人が愛の巣（というと、とっても恥ずかしい……）を造るまでのお話です。って、一言で表すと本当にそうなんですが、それだけではなくて、今回またいろいろと起きてます。

まぁ、でも幸せなので、ご安心ください。

さて、家の中央の木ですが、こういう場合は何を植えるのであろう……と考えて、結局、決められませんでした（笑）。

竹でないことは確かです。そんなもの植えたら根が伸びて大変（笑）。

杉も花粉が大変。

いや、戯れ言はともかく……。あまり巨大にならない木がいいですね。落葉樹は文字通り葉っぱが落ちてしまって掃除は大変そうですが、四季によって趣が変わるのでよさそうな気がします。夏は青々として、秋は散っていって、冬には枝だけ、で春になると新緑……おお、いい感じ。

実はうちにも、いつの間にか勝手に生えてきた木があるんです。害がないので放置していたら、2メートルを超えてしまいました。

庭なんてないのに、隣の家との間に無理矢理生えてます。何の木だか謎のままなんですが、花は付けず、一年中、葉っぱが青々してます。

長いこと、「なんの木だろう？　虫も食わないよ、この木……」とか言っていたのですが、数年前から、食われ始めました！　おしりに角の生えたイ○ムシ（おそらくスズメガ類の幼虫と思われる。すげーイキオイで大きくなっていく。虫嫌いには阿鼻叫喚ものの大きさでありましょう）が年に一度食い荒らした挙げ句に変態していく……んだと思います。たぶん。いや、土に潜っていくところまで目撃したんですが、成虫になった姿は見てないので。

どうやら虫の間の口コミ（？）で広がっていくのか、年々増えているような……といっても多いときでも五匹くらいですが。

観察していると、けっこう楽しいです。ふと気がつくと数が足りなくなっていることもあるので、そういうときはきっと、鳥にでもやられちゃっているんでしょう……。これも、たぶん……なんですが。

はっ……○モムシの話をこんなところでしている場合では……（汗）。ていうか、仮にも恋愛小説で、そんな話を書くな、私……（反省）。

えーと、えーと……。あ、そうだ。そう意図したわけではないんですが、気がついてみれば、何やら実浩がモテモテになってました。

そして、とってもとっても青くさい雅人です。作中にもありますが、ご令息な上に芸術家ですからね。

雅人がんばれ、ということで（↑無責任）。

いや、でもＬｅｅ様が描いてくださった雅人がとっても格好いいので！　実浩も綺麗可愛いですし！

そしてインテリっぽい秘書が素敵……うっとり……。

前回に引き続き、綺麗なイラストをありがとうございました。本が出来上がるのが楽しみで仕方ありません〜。

最後になりましたが、読んでくださっている方々、ありがとうございました。ぜひぜひ、次回もお会いしましょう。

きたざわ尋子

この本を読んでのご意見・ご感想をお寄せ下さい。

〒102-0073
東京都千代田区九段北1-6-7　岡部ビル2F
小説リンクス編集部
「きたざわ尋子《じんこ》先生」係／「Lee《リー》先生」係

リンクスロマンス

鍵のありか

2003年5月31日　第1刷発行

著者……………きたざわ尋子《じんこ》
発行人…………伊藤嘉彦
発行元…………株式会社　幻冬舎コミックス
〒151-0051　東京都渋谷区千駄ヶ谷4-9-7
TEL 03-5411-6431
発売元…………株式会社　幻冬舎
〒151-0051　東京都渋谷区千駄ヶ谷4-9-7
TEL 03-5411-6222（営業）
振替00120-8-767643
編集……………株式会社　インフィニティ　コーポレーション
〒102-0073
東京都千代田区九段北1-6-7　岡部ビル2F
TEL 03-5226-5331（編集）
印刷・製本所…図書印刷株式会社
検印廃止

ISBN4-344-80247-0　C0293
Printed in Japan

幻冬舎コミックスホームページ　http://www.gentosha-comics.net